Françoise Simpère

Françoise Simpère, journaliste, écrivain, est l'auteur, entres autres, de *Aimer plusieurs hommes* ; *L'algue fatale* ; *Des désirs et des hommes ; Bien dans l'eau, bien dans sa peau* ; *Les latitudes amoureuses* et *Ce qui trouble Lola*. Ses domaines de prédilection, présents dans tous ses écrits, sont la sexualité, l'écologie et les questions de société. Elle collabore actuellement aux magazines *Nouveau consommateur* et *Gloss*. Directrice de la collection Senso (éditions Blanche), elle est l'auteur de scénarios et participe également à l'écriture de documentaires pour la télévision. En 2006, elle a été le sujet d'un documentaire, *La grande amoureuse*, réalisé par la Québécoise Martine Asselin (diffusion en 2007).

Retrouvez Françoise Simpère sur
http://fsimpere.over-blog.com

AUTRES DÉSIRS, AUTRES HOMMES

DU MÊME AUTEUR
CHEZ POCKET

AIMER PLUSIEURS HOMMES

CE QUI TROUBLE LOLA
DES DÉSIRS ET DES HOMMES
LE JEUNE HOMME AU TÉLÉPHONE
LES LATITUDES AMOUREUSES

FRANÇOISE SIMPÈRE

AUTRES DÉSIRS, AUTRES HOMMES

nouvelles

POCKET

À Vincent, David et Jean Em, pour les dîners,
la mousse et le pétillant,
À Pierrick, qui sait pourquoi.

Aux hommes qui ont
De l'humour,
De la sensualité,
De l'imagination,
De la tendresse,
Du temps...

Et qui, bien sûr, vont tous se reconnaître !!!

ISBN 978-2-266-16434-4

EN GUISE DE PRÉLIMINAIRES...

« Vous êtes écrivaine érotique ? » Leurs yeux brillent lorsqu'ils apprennent que j'écris des « livres de cul ». Car un roman érotique, bien sûr, ne saurait être qu'un livre de cul, et l'auteur une experte des choses du sexe, habituée des soirées du genre : fellation après deux minutes, sodomie de rigueur, orgasmes à répétition lors de coïts frénétiques, plus si possible double pénétration et scènes de groupe.

Ce schéma calquant les films X où l'homme zappe en accéléré dès que les personnages échangent deux phrases sans avoir la bouche pleine... l'écrivaine érotique est dispensée de toute parole et pensée complexes. On attend d'elle un service standard avec fellation dès la seconde page, sodomie, orgasmes, etc.

Pourtant, au moment d'entamer ce recueil de nouvelles, je me suis dit que non, décidément, je n'avais pas envie de fournir le menu standard, pas envie de ce fast-food du sexe, fastidieux fourre-tout – et je pèse mes mots – qui ne rend compte que très partiellement de la raison pour laquelle la sexualité fascine depuis la nuit des temps.

Pas envie non plus des stéréotypes où on a l'impression que c'est une activité à part, réservée à des oisifs qui n'ont rien d'autre à faire, des pétasses du XVIe trompant l'ennui en trompant leur mari, des femmes soumises ne sachant jouir que la honte aux joues et la tête dans les feuilles mortes. (Car bien entendu leur Maître, toujours beau et fortuné, les attache en pleine nuit au pied d'un chêne séculaire pour mieux les enculer.) Ou alors, dans le genre érotico-populaire, des maris ravis de faire prendre leur femme par tous les joueurs de l'équipe de rugby locale, jusqu'à ce que la malheureuse, copieusement traitée de « grosse salope » tandis que les hommes se répandent sur elle, s'écroule de fatigue sans avoir eu son mot à dire, excepté « raaaghhh ! je jouis ! », avec une capacité à enchaîner des orgasmes d'autant plus puissants, semble-t-il, qu'on la traite comme une serpillière. Ce côté « cra-cra » ne serait-il pas un avatar du machisme masculin et de la culpabilité féminine, qui voudrait qu'une femme ne puisse jouir sans être avilie ?

Attention, cela ne veut pas dire que le plaisir sexuel doit être aseptisé, bien au contraire : je souscris pleinement à l'aphorisme attribué tantôt à Bernard Shaw, tantôt à Woody Allen : « L'amour physique est-il sale ? Oui, quand il est bien fait. » Mais cette saleté-là ne cherche pas à humilier. Elle est tout simplement la redécouverte sans tabous ni dégoûts de notre part animale, organique, de nos sécrétions, notre chaleur, nos odeurs, bref une expression de tous les sens qui fait de la sexualité le langage le plus complet qui soit. Qu'on se le dise...

... l'érotisme est au coin de la rue !

Je dédie ce livre aux gens comme vous et moi, qui avons en mémoire des instants où le désir nous est tombé dessus comme un cadeau surprise, des partenaires d'une sensualité devenue torride par la seule brûlure de notre regard sur eux, et même des scénarios érotiques où on joue à se faire peur tout en s'amusant comme des fous car le sexe, on ne le dit jamais assez, est un plaisir parfois d'une drôlerie irrésistible.

Ils y trouveront trois niveaux de lecture.

D'abord des **histoires** avec des personnages de tous milieux et de tous âges : étudiante préparant sa thèse *(Solitude de la thésarde)*, homme politique en meeting (*Érection présidentielle*), vacancier en crise conjugale (*La Saveur de l'oursin*), beurette amoureuse *(Coup de boule)*, lycéen fêtant son bac *(Parking de nuit)*, comédiens chômeurs courant le cachet

(*Joli Casting*), scientifique en congrès (*La Diva du labo*), etc.

Tous ces personnages vivraient une existence ordinaire s'ils n'avaient le don de reconnaître le désir lorsqu'il surgit et de le vivre pleinement. Alors survient l'extraordinaire...

Mais comme le plaisir dépasse largement l'orgasme, je voulais aussi écrire un poème lyrique pour célébrer les émotions du désir, quand les souvenirs s'estompent puis ressurgissent impromptu à l'évocation d'un timbre de voix, d'une odeur de peau, d'une empreinte de caresse... J'aurais aimé inventer des mots venus d'ailleurs, des mots si forts qu'en les prononçant, en les voyant écrits, chaque homme se serait dit « *C'est à moi qu'elle écrit, c'est de moi qu'elle parle* », chaque femme aurait pensé « *C'est mon histoire qu'elle raconte* ». Bref, j'aurais volontiers composé un nouveau « Cantique des cantiques », mais l'époque est plus brève.

Alors j'ai écrit des **textes courts** à la première personne[1], comme des confidences murmurées à l'oreille, pour parler de ce qu'on retient des hommes quand on ne les retient pas mais qu'on les regarde vivre. Ce qu'on devine d'eux, les petits bouts de leur corps qui émeu-

1. Inutile de fantasmer, amis lecteurs et lectrices. C'est une figure de style. Je n'ai ni le temps ni toujours le désir de vivre tout ce que j'écris...

vent, les fantasmes qu'ils suscitent, les instants d'une intensité qu'on cherche toute sa vie à retrouver encore et encore, ailleurs ou avec d'autres... Souvent, en lisant des textes érotiques, je regrette que le désir des femmes y soit circonscrit au phallus, limité à l'envie de se faire posséder, alors que, pour ma part, je suis plus troublée par « toute la peau inutile qui entoure la bite », à savoir l'Homme !

Enfin, parce qu'on ne sait pas toujours ce qui relève de l'imaginaire ou de la réalité, je vous convie à un **rêve fantasmatique** dans un univers troublant, obscur, *Jeux de miroirs* où l'on ne discerne plus vraiment l'imaginaire et le vécu, où l'on se balade comme un funambule entre conscient et inconscient, à la rencontre de ces parts de soi et de l'autre, qu'on rêve et craint d'affronter.

1. Érection présidentielle

« Je veux vous dire une chose : je crois en vous parce que je crois en la France... »

Applaudissements nourris, le chauffeur de salle, invisible pour les caméras, dresse au-dessus de sa tête le panneau « Standing ovation ». La foule en délire se lève, même ceux qui ne comprennent pas un mot d'anglais sont conditionnés : « standing ovation », ça veut dire qu'on se lève, depuis quelques années, depuis la génération Mitterrand en fait, ils ondulent même en rythme... La « hola », c'est cela, cette vague approbatrice s'appelle « la hola ». Le candidat l'aperçoit à travers une brume lumineuse, nuage de particules, grains de poussière agités dans le faisceau des projecteurs. Et c'est bon de voir cette marée humaine, bon d'entendre les cris du public, le petit candidat se sent dompteur de foule, magicien capable de transformer l'approbation en idolâtrie, et c'est tellement bon qu'il bande.

Au premier rang, le seul qu'il perçoit à peu près distinctement, des filles rouges d'excitation hurlent son prénom comme celui d'une rock star. Ébloui par un spot, il ne voit pas leurs visages, son regard tombe vingt centimètres plus bas, sur les seins moulés dans des tee-shirts de campagne. Il lit son prénom sur leur sein droit, en lettres bleu France, et sur leur sein gauche, en lettres rouges sang, le mot : « Président ! » Entre les deux seins, le blanc du coton. Bleu, blanc, rouge, le drapeau français tressaute sur des poitrines sans soutien-gorge.

« Et parce que je crois en la France, comme vous, ensemble nous ferons repartir la France dans le bon sens. »

Sa voix résonne dans le micro, la sono saturée envoie des vibrations dans son bas-ventre. Les groupies poussent des hurlements extatiques, il leur lirait un passage du Code civil qu'elles hurleraient de la même façon. Lui ne sait même plus ce qu'il raconte, les phrases sortent mécaniquement de sa bouche, rodées par des dizaines de meetings, des années d'expérience.

« Vous avez les trapèzes très contractés... »

Pourquoi cette phrase lui vient-elle à l'esprit tandis qu'il lève les bras en signe de victoire ? Ah oui, cette petite douleur à la base de l'omoplate... Il s'est fait masser avant le meeting, son habituel kiné était malade, il lui a envoyé son associée, une femme d'origine asiatique dont les mains très fines se sont emparées du dos ministériel avec une farouche détermination. Le candidat a souffert sous ses manipulations : « Contrairement aux idées reçues, le massage thaï traditionnel n'a rien à voir avec le body-body qui fait rêver les Occidentaux, lui a-t-elle dit, c'est une technique vigoureuse... mais efficace. »

Elle l'avait mis sur pied pour le meeting, lui conseillant de la rappeler dans la soirée s'il avait encore mal, quelle que soit l'heure.

« Je vais l'appeler, décide le candidat, si je me tape encore une nuit d'insomnie, je vais être HS pour le débat télévisé de demain. »

Les pensées se bousculent dans sa tête à une vitesse vertigineuse. Trois secondes les bras levés, souvenir de la masseuse, son esprit revient à lui dans cette salle de province, fief de gauche à conquérir, mais la salle est déjà conquise. Dans les meetings politiques ne viennent que les partisans, ce n'est pas pour convaincre qu'on les harangue, c'est pour la décharge d'adrénaline, la testostérone plein les couilles qui fait bander comme jamais. Tous les candidats le savent, l'exercice politique est un puissant aphrodisiaque. Il se demande si les candidates mouillent durant les campagnes électorales...

Pour l'heure, il ne peut détacher ses yeux de la poitrine énorme qui palpite devant lui. Il imagine son sexe serré entre les deux globes, la chaleur des seins, la façon dont il s'agiterait en deux temps trois mouvements, les jouissifs allers et retours dans cette chair moelleuse... Cravate de notaire express et, pour finir, empoigner sa queue et jouir sur le visage extatique de la groupie ! Il ne se lasse pas d'imaginer de telles scènes, le plaisir incommensurable qu'il aurait à leur faire ce qu'il veut, lui qui a tant souffert dans son adolescence du mépris des grandes blondes, des grandes brunes, de toutes ces filles qui le toisaient de haut et lui préféraient des bellâtres au corps d'Apollon. De là vient sa haine non pas politique mais viscérale, personnelle, pour tous ses adversaires dès lors qu'ils mesurent dix centimètres de plus que lui. Il les aura, sûr, il les aura !

Il descend de la tribune, la foule se presse autour de lui, le candidat se dégage, il prétexte un besoin urgent que ses gardes du corps traduisent en borborygmes virils pour écarter les mains tendues et frayer un passage à leur champion.

Face à l'urinoir, le candidat se finit en hâte, masturbation rapide, on l'attend pour le congratuler autour d'une coupe de champagne et demain il se lève à l'aube pour s'envoler à l'autre bout de la France, deux réunions électorales avant le débat télévisé du soir. Toutes ses pensées parasitent sa jouissance. D'un revers de langue, il mouille sa paume de salive, reprend sa verge en main et tente un coup d'accélérateur mais il n'y arrive pas, il a trop attendu. L'excitation n'est plus excitante, elle devient presque douloureuse. Il gémit, rien de plus frustrant que d'être au bord de l'éjaculation et de ne pas arriver à conclure. Il insiste, son ventre durcit, il essaye de visualiser les seins de la groupie, imagine des scènes de partouzes immondes, des enchevêtrements de corps...

Tiens, s'il est élu, il aimerait contraindre toutes les candidates perdantes à lui rendre hommage en le suçant. Oui, belle idée, une pipe, d'autant que cette année les candidates sont nombreuses et pour certaines franchement bien roulées. Tout en se pognant frénétiquement, le candidat imagine ses ex-adversaires en longue robe et pieds nus, comme les bourgeois de Calais, s'avançant l'une derrière l'autre, vaincues. Il ferait s'agenouiller la première, appuierait sur sa tête :

« Ouvre la bouche, arrondis bien tes lèvres. »

Déjà, la tutoyer, quel plaisir... Il enfoncerait sa bite le plus loin possible dans sa gorge, jusqu'à ce qu'elle suffoque. Ah ! Étouffer ses moindres mots, bâillonner de son sexe cette bouche qui l'a tant contredit, l'humilier comme elle l'a humilié de son calme narquois...

« Aspire, serre bien les lèvres, PAS LES

DENTS, les lèvres, oui, comme ça, continue, tu es la reine, non, la présidente des pipeuses... »

Son mot d'esprit l'excite, il sent presque sur sa verge les lèvres tendres, la langue agile, la chaleur de la bouche. Une pipe royale, vraiment... Sa main s'anime d'un mouvement très rapide, quasi vibratoire, qui fait enfin jaillir son plaisir. Il jouit en étouffant son cri de l'autre main. Les gardes du corps sont à la porte, avec des consignes de sécurité si strictes qu'ils confondraient facilement orgasme et agression terroriste. Le candidat se rajuste et sort dignement des toilettes. Cette pause l'a apaisé.

Il n'est pas loin de minuit, il tourne et se retourne sur son lit d'hôtel. Le matelas est trop dur, ou trop mou, enfin pas ce qu'il faut. Il se demande ce qui pourrait le calmer. S'il ne dort pas d'ici une heure, il sera dans le yaourt toute la journée du lendemain. Il hésite, puis compose le numéro de la masseuse. Elle non plus ne dormait pas, elle décroche avant la première sonnerie. Très vite elle toque à la porte qu'il a laissée entrouverte, entre comme une ombre, referme à clé. Il fait sombre dans la chambre, le candidat est allongé totalement nu sur le ventre comme elle le lui a ordonné. La masseuse a des yeux de chat, elle s'oriente sans hésiter. De sa poche elle sort un foulard et bâillonne prestement son prestigieux patient, tire une pelote de ficelle et le ligote en croix. Ses jambes sont maintenues écartées par un lien bien serré qui va d'une cheville à l'autre en passant par le dessous du lit, ses bras réunis dans son dos sont attachés par les poignets. L'omoplate saille, la masseuse passe un doigt léger dessus, puis appuie en un point précis, faisant sursauter son prisonnier.

« C'est là que vous avez mal, juste là. Ce point est un point de stress très connu. La plupart des décideurs ont cette douleur. Il faut apprendre à vous relâcher pour ne plus souffrir. Vous voulez tout contrôler, tout maîtriser, et ça finira par vous tuer. »

De ses mains énergiques, la femme empoigne les épaules du candidat qui la distingue mal dans le noir, il sent juste ses doigts nerveux, respire son parfum un peu musqué. Elle enfonce le pouce pile là où il souffre, tourne avec la pulpe du doigt comme si elle creusait un entonnoir. Ça lui fait un mal de chien, mais curieusement il aime cette sensation d'être à sa merci, cette façon qu'elle a de le torturer alors qu'il a été adulé toute la soirée. Il ferme les yeux, se détend. La jeune femme murmure :

« Vous voyez, vous avez besoin d'être pris en main. La plupart de mes clients veulent que je les soumette. Ça les repose. »

Il sent le matelas remuer tandis qu'elle se lève pour fouiller dans son sac, puis l'air bruisser de son retour et redevenir immobile. Un silence lourd emplit la chambre. Le candidat veut poser une question, le bâillon le rend muet, il voudrait se retourner, voir ce qui se trame dans son dos, mais les liens sont bien serrés. Alors il se laisse aller. Quoi faire d'autre ?

Le premier coup de cravache cingle ses fesses, suivi d'une lente caresse de la badine du bas de ses reins jusqu'à ses épaules, puis des épaules jusqu'au bas des reins, et encore un coup, puis deux, trois... À cette heure tardive, de la part d'une masseuse asiatique, le candidat attendait une séance exotique ou une gâterie express mais pas cette flagellation surprenante. Il gémit à travers le tissu, non de douleur, mais de la confusion qu'il éprouve à se sentir dominé. Le traitement se fait plus vif, une pluie de coups tombe sur ses fesses, il est sûr que sa peau rougit. La femme doit lire ses pensées car elle prononce calmement :

« Ne craignez rien, je suis experte. Demain vous n'aurez aucune trace. » Du bout des doigts, elle reprend son travail de masseuse sur les épaules, le cou, les omoplates et constate :

« C'est mieux, vos muscles sont bien plus souples, vous aviez besoin de vous laisser aller, et je ne connais pas de meilleure façon de le faire qu'en y étant forcé. »

Mutine, elle murmure à l'oreille du candidat :

« Vous voulez que je vous dise ce que je fais à d'autres ? »

Il opine de la tête, grogne à travers le foulard. Tout en pétrissant vigoureusement les fesses du

Il s'exécute sans hésiter. Elle lui glisse un oreiller sous la tête.

« Prenez-la entre vos doigts. »

Il serre son sexe dans sa main, attend les instructions.

« Au signal, vous allez suivre avec votre main le rythme que je vais vous donner avec la cravache. Prêt ? On y va. »

Les coups s'abattent sur les fesses du candidat, il entend la jeune femme compter en accélérant progressivement : « un, deux, trois, quatre... », il ne ressent aucune douleur, juste une excitation fantastique qui le fait exploser avant qu'elle ait dit « huit », dans un plaisir de tout le corps, avivé par le fait de ne pouvoir crier.

Elle lui enlève son bâillon, vérifie l'état des épaules :

« C'est parfait, vous n'avez plus aucun point de contracture, vous allez bien dormir.

— Quelle heure est-il, il doit être tard ? »

Elle sourit :

« À peine minuit et demi.

— Pas plus ? J'ai l'impression que ça a duré plus d'une heure !

— Non. Moins d'une demi-heure. Vous savez, le temps ne passe vite que pour les gens trop pressés. Si je peux me permettre un conseil : à force de courir, vous vous étiez bloqué le dos. Essayez l'inverse, vous gagnerez du temps. »

2. La seconde fois

Quand rien encore ne s'est passé, ou si peu... La première étreinte n'est rien comparée à l'attente de la seconde. La première est venue par surprise, la seconde doit me surprendre. Des vibrations communes se sont aiguisées, dont la seule évocation crisse sur la peau comme le frisson du verre sur une râpe céleste. Voici le temps béni où tout devient désir.

Je me surprends à me troubler d'une odeur de cigarette dans la rue parce qu'elle est vôtre, à sauter au cou d'un vieillard ébahi parce qu'il porte - moins bien - votre eau de toilette, à me gaver midi et soir de pains aux raisins parce que vous les aimez et que j'en ai mangé dans votre bouche, à lire d'arides essais dont tu me fis l'éloge.

C'est le temps du plaisir égocentrique d'être encore mystérieuse, multiple, mal connue, du plaisir de t'entendre demander si je vais bien parce que ma voix s'est étranglée au téléphone, ou de te voir m'offrir un livre parce que tu l'aimes et qu'ainsi je devrai penser à toi à chaque page.

M'appelleras-tu, t'appellerai-je ? On ne chantera jamais assez la gloire du téléphone, ses valses-hésitations, ses esquisses... L'appareil sonne dans le vide. Vais-je laisser un message, ou masquer mon identité pour cacher mes appels ?

Nous sommes, sur le sentier du désir, deux explorateurs encore méfiants. Ne pas s'éprendre trop, surtout, mais un peu cependant pour le charme et le battement de cœur.

Te laisser venir, fuir, te rattraper quand tu auras tourné le dos, déborder pour toi d'égoïsme et d'altruisme forcenés, me dire que la première fois peut-être n'était qu'un hasard, craindre le moment de l'amour banalisé et redouter davantage encore la passion. Instant délicieux, somptueux, entre première et seconde étreinte, petite mort du quotidien embellie sous les oripeaux flamboyants du rêve.

3. La gloire du monarque

Elle n'avait pas vu tout de suite la clé posée sur un grand papier blanc, sur la console de l'entrée. Le vestibule était sombre et frais, dehors c'était la canicule. Elle rentrait de shopping, pressée d'exhiber à son compagnon les parures qu'elle venait d'acheter pour lui plaire.

Elle l'appela à la cantonade, reçut en réponse un étrange écho. Pressentiment : ses mots joyeux rebondissaient sur du vide. Elle se précipita dans la chambre, ouvrit le placard. Il avait emporté ses vêtements, ses chaussures. Dans le séjour, le porte-CD avait l'allure désolée d'une carrière désaffectée : des trous, des fissures, des manques. Il avait aussi emporté ses musiques. Sur les étagères de la bibliothèque, ses livres à elle, privés du soutien de ceux qu'il avait retirés, glissaient lentement... Tout son univers perdait l'équilibre.

Alors elle retourna dans le vestibule, aperçut enfin la clé et lut sur le papier cette phrase tracée d'un élan rapide comme une flèche en plein cœur : « Le papillon s'est envolé. »

Il l'avait conquise en la butinant, des petits baisers partout, partout... Elle riait des frissons sur sa nuque, sur son dos, elle lui disait :

« Tu me butines comme... comme une guêpe, une abeille, une... »

Et lui, royal, l'avait interrompue :

« Comme un monarque, mon amour. Un grand monarque. Dans la nature, c'est un papillon rare menacé de disparition, une espèce protégée. »

Elle avait posé une main sur son ventre, ses lèvres dans la broussaille de poils blonds qui sertissaient ses couilles comme un écrin doré. Du bout de la langue elle avait aspiré l'ultime goutte de son plaisir, en se jurant de toujours préserver ce papillon rare. Des autres, du monde et de ses propres démons : dans les yeux clairs du monarque passaient parfois des reflets d'horizons lointains, des nostalgies d'aventures, des fulgurances éperdues, et perdues.

Elle étouffa un sanglot : « Le papillon s'est envolé. »

D'une main tremblante elle défit les attaches de son porte-jarretelles et roula sur ses cuisses les bas résille, filet dérisoire quand plus aucun papillon ne s'y accroche.

Un mois passa, creusant dans son ventre le gouffre de l'absence que ne comblait ni ses doigts ni aucun autre homme. Elle connut le vertige devant le téléphone muet, le cœur qui s'emballe à chaque sonnerie émanant d'un appartement voisin, les heures passées à relire des mots d'amour auxquels elle se reprochait amèrement d'avoir cru, le sommeil torturé des nuits d'été quand par la fenêtre ouverte lui parvenaient les rires en crécelle d'amoureuses comblées. Elle errait des heures dans les rues qu'ils avaient parcourues ensemble, guettant son improbable silhouette, sursautant à des effluves familiers qui la faisaient se retourner :

« C'est lui, c'est son parfum ! »

Mais ce n'était jamais lui.

Un après-midi, dans une vitrine, elle aperçut la guêpière que son amour lui avait offerte un soir, prélude à des jeux de mains et de vilains où sur ses fesses nues bien écartées il imprimait la trace aiguë de ses dents et de ses ongles, la forçant à s'ouvrir et à s'abandonner toujours plus loin. Comme un automate, elle poussa la porte du magasin et se retrouva dans une profusion de lingerie affriolante, de latex et de harnais qui ne laissaient aucun doute : son monarque adoré ne lui avait pas acheté sa guêpière dans une boutique de luxe, comme elle l'avait bêtement imaginé, mais dans une... sex-shop. Elle n'osait plus avancer, pétrifiée d'humiliation, quand une voix douce la héla :

« Puis-je vous aider, madame ? »

Le vendeur était un garçon jeune à la peau satinée, mate, des yeux verts en amande, de longs cils noirs. Égyptien, Syrien, Kabyle ? En d'autres temps, elle l'aurait désiré, dévoré... Lui la regardait avec une infinie douceur et il eut une phrase incongrue dans cet univers de plaisirs tarifés : « Vous avez l'air triste, madame. »

Sans réfléchir, elle répliqua :

« On est toujours triste quand un papillon disparaît. »

Il n'eut pas l'air étonné. Il lui prit la main, saisit de l'autre une guêpière de dentelle pourpre et l'entraîna vers une cabine :

« Essayez-la, je vous en prie. Vous êtes très belle, vous serez sublime. »

Elle se déshabilla, enfila la guêpière qui lui allait fort bien et se surprit à sourire dans la glace, à mouiller ses lèvres qui brillèrent, à retrouver dans son ventre la morsure familière du désir. La voix du jeune homme murmura derrière le rideau :

« Puis-je entrer ? J'ai trouvé quelque chose pour vous. »

Elle accepta. Envie de plaire à ce garçon et de vérifier sa capacité à le faire, peut-être, bander. Il la détailla de haut en bas, silencieusement, puis s'accroupit à ses pieds : « Vous permettez ? » Elle s'attendait à un doigt habile glissant sous l'élastique de la culotte et cherchant son sillon humide, ou alors à un jeu de langue subtil comme elle les adorait, qu'elle aurait pourtant refusé : « Arrêtez, jeune homme, vous vous méprenez ! » Mais il se contenta de chuchoter : « Laissez-moi faire, ne dites rien, surtout. » Il lui montra sa trouvaille, un papillon de plastique souple, mordoré comme un grand monarque égaré, percé au bout des ailes par de fines lanières de cuir. Sur la soie noire de la culotte qu'il effleura d'un index léger mais dévastateur, le jeune homme appliqua le papillon, demanda à la femme d'y poser la main pour le retenir. Puis, posément, il fixa autour des cuisses les lanières de cuir en un savant enchevêtrement. Elle restait muette, la main couvrant son sexe comme la Vénus au coquillage, si attentive à ses sensations que lorsque le jeune homme serra et boucla les lanières, la simple pression du cuir sur sa peau fit trembler ses jambes et onduler ses hanches. Tout à coup elle entendit un grésillement, une onde parcourut sa vulve, suivie d'une autre plus précise qui atteignit son clitoris. Elle haleta :

« Que faites-vous, qu'avez-vous fait ?

— J'ai déclenché la vibration du papillon. Vous savez ce que l'on dit : le battement d'une aile de papillon sur une rive du Pacifique peut déclencher un ouragan sur l'autre rive. »

D'un geste calme il lui plaça le boîtier de télécommande dans la main : « Je vous souhaite un ouragan de plaisir. »

Puis il sortit de la cabine.

Alors la femme glissa le curseur vers le haut et laissa l'onde chaude grandir entre les lèvres de son sexe, se muer en lave brûlante, remonter dans tout son corps, atteindre son cœur comme une vague immense qui balaya sur son passage le chagrin qui la taraudait depuis des semaines, et déferler par sa bouche en un long cri d'orgasme qui boosta illico les ventes du magasin, si l'on se réfère au bilan comptable de la journée montrant effectivement un pic du chiffre d'affaires entre 15 h et 15 h 30.

Elle se rhabilla, sortit de la cabine avec l'impression de remonter les Champs-Élysées sur un tapis rouge, sous le regard des clients bouleversés par la lumière de son regard et sa démarche retrouvée de reine. À la caisse, elle déposa la guêpière :

« Je la prends. »

Elle voulut rendre le papillon vibreur, mais le jeune homme lui sourit :

« Je vous l'offre, madame, ce papillon-là ne vous abandonnera jamais, mais faites-moi un plaisir...

— Lequel ? demanda-t-elle, tout de suite méfiante.

— N'oubliez jamais que l'aile du papillon n'est rien s'il n'y a l'océan, et l'océan, c'est en vous qu'il se trouve. »

Elle fixa le jeune homme qui avait un regard

décidément superbe et une nuque qu'elle aurait volontiers mordue :

« Pourquoi avez-vous fait cela ?

— Parce que, madame, vous penserez à moi chaque fois que vous naviguerez sur votre océan. »

4. *Jeux de miroirs (1)*

« Lola, reviens ici tout de suite ! »

Cette voix, ce ton... Lola se retourne. Dans la foule joyeuse, au milieu des familles qui se pressent à la fête, odeurs de barbes à papa et de pralines, flonflons des manèges, son regard croise celui d'un homme en noir. Trois secondes intenses avant de voir une petite fille se précipiter vers l'homme qui se penche, la hisse dans ses bras, anorak rose contre manteau noir, la petite lance ses bras autour du cou de l'homme pour l'amadouer. Quelques mots saisis à la volée :

« Si tu te sauves, tu vas recevoir une fessée. »

Lola sourit : phrase familière. Adrien tournait autour d'elle[1] *tandis qu'elle gardait les yeux fermés, il faisait mine de réfléchir :*

1. Cf. « Ce qui trouble Lola » (éd. Blanche 2004, Pocket 2006).

« Qu'as-tu donc fait qui mérite une fessée ? » Il hésitait, la faisait languir mais la cause était entendue : elle aurait ce qu'elle voulait. L'autorité de son désir à elle rencontrait son désir à lui d'autorité...

Elle achète un ticket pour le Palais des glaces.

« Si vous êtes perdue, lui dit le patron, criez, on viendra vous chercher. Ou alors appelez sur votre mobile, voici la carte avec notre numéro. »

Lola erre dans le labyrinthe, cherche son chemin dans des entrelacs de miroirs déformants, glaces sans tain, vitres aux reflets trompeurs. Était-ce lui ou un mirage ? La question trottine dans sa tête, obsédante. Elle s'arrête face à une glace étroite qui allonge les silhouettes, les gamins éclatent de rire en se découvrant géants filiformes. Sur la surface luisante et sombre, elle aperçoit une silhouette masculine longue et noire, des cheveux fragiles, ce reflet ne lui ressemble pas. Mais quand elle agite la main droite, la silhouette aussi, lorsqu'elle touche son nez avec son index, le reflet dans la glace l'imite. Jeux de rôle ou hallucination ? Elle s'est souvent demandé si Adrien existait réellement ou s'il n'était que son double fantasmé, la partie immergée de ses désirs, les pulsions inavouables de son inconscient. Elle poursuit son chemin, troublée.

À une intersection, un manteau sombre traverse son chemin, elle tourne vivement la tête : personne !

Cette allée qu'elle n'a pas encore parcourue – à vrai dire elle a perdu tout sens de l'orientation – est bordée de vitres colorées à travers lesquelles les badauds apparaissent comme des fantômes mauves ou blafards. Ça fait rire les enfants, horrifie les parents. Lola s'arrête : face à elle, une silhouette sombre, aussi immobile qu'elle, la fixe. Comme tout à l'heure, elle remue une main, puis l'autre. Elle gesticule, prend des poses absurdes, l'autre reproduit toutes ses pantomimes.

Pour le confondre, un seul geste : elle se penche, saisit les volants de son jupon et les lève, découvrant son sexe nu ombré d'un minuscule sourire vertical et soyeux. Dans la glace, l'homme a sorti sa queue, l'enserre de sa main droite. Lola entend sa voix : « Caresse-toi ! » Elle mouille ses doigts de salive, les introduit dans la fente sans cesser de fixer le visage flou qui lui fait face. Un frisson d'excitation la saisit aux épaules, comme si l'homme venait par-derrière poser ses mains sur elle. Le frisson glacé s'insinue dans son corps, fond sous la chaleur des doigts et se transforme en humeur liquide, en sensation glissante qui vrille son ventre. Ses jambes tremblent tandis que, face à elle, les yeux fiévreux de l'homme lancent des éclairs. Lui aussi est tout près de jouir, sa main accélère...

« Ben dites donc, ne vous gênez pas, surtout ! »

Un badaud qui n'a rien perdu du spectacle moralise. La jupe retombe, Lola poursuit son chemin, royale. Sous les volants de coton l'air circule et vient souffler doucement sur son sexe gonflé, chaque pas devient une caresse, chaque caresse un frisson nouveau, entre ses cuisses sourdent des gouttes de plaisir qu'elle laisse avec délectation glisser le long de ses cuisses. Elle penserait avoir rêvé si en respirant ses doigts elle ne retrouvait au bout de ses phalanges l'odeur du plaisir en marche.

(à suivre)

5. Coup de boule

La classe est agitée. Euphémisme. Ils ne sont pas agités : ils ne tiennent pas en place, jamais, comme s'il leur était impossible de rester dix minutes assis sans remuer ou faire grincer les pieds de chaise sur le carrelage, le crissement fait mal aux dents, comme la craie sur le tableau. Ce matin c'est pire que tout, un lendemain de finale, finale perdue qui plus est, impossible de les intéresser à un texte quelconque. La seule question qui pour eux vaut la peine d'être posée est : « Pourquoi ce coup de boule ? »

Impossible de faire cours sur fond de « Putain, j'te dis qu'il lui a dit... » « T'es ouf, y peut pas lui avoir dit ça... » Un doigt se lève : « Madame, m'dame... » La prof regarde l'élève, un minot plus jeune que les autres, un des rares à ne pas avoir redoublé toutes ses classes : « Oui, qu'est-ce qu'il y a ? » « L'autre enculé, l'Italien... mase, maso, Maserati... », « Materazzi » coupe-t-elle en soupirant. « Ah, vous connaissez ?!! »

Elle sourit. Si elle veut conserver un minimum d'ascendant sur la classe elle a intérêt à connaître et être capable de commenter le moindre penalty de Zidane. Le gamin reprend : « Il lui a dit à Zizou qu'il allait lui défoncer le cul, c'est pas une injure raciste, l'autre con (il désigne son voisin de table), y dit que c'est du racisme antipédé, les pédés c'est pas une race ! »

Une fille lève le doigt, indignée : « Il a pas dit que ça, il a traité la sœur à Zidane de pute. C'est du racisme antipute ! Pourquoi c'est moins grave que de dire bougnoule à un bougnoule, ou feuj à un feuj ? »

La prof soupire. Comment parler de Chateaubriand ou de La Fontaine dans une telle ambiance ? Chaque jour, elle cherche de nouvelles façons d'amener ces ados, ni bêtes ni vraiment méchants, à un peu plus de civilité. Sa conviction : « Quand on n'a pas les mots, il ne reste que les coups. » D'où son ambition de leur donner des mots pour s'exprimer, qui pourraient les détourner de la violence diffuse. Même plus diffuse : ambiante, constante, menaçante.

« Exercice pour demain ! clame-t-elle. Je vous ai expliqué que, selon les mots employés, on transmet un message civilisé ou agressif. Si vous dites à un copain : “Ta mère exerce le métier de prostituée” – en admettant que ce soit vrai –, c’est un fait. Si vous lui dites “Fils de pute”, c’est une injure. Pour demain, vous allez imaginer une situation commentée de deux façons : l’une jolie, voire poétique, l’autre moche, voire insultante. »

Une voix au fond de la classe :

« Ça veut dire quoi, voir ? Pourquoi elle nous dit de voir ? »

La sonnerie précipite les élèves vers la porte dans une joyeuse bousculade. Ils ont hâte de s’échapper, seule Ambre se tourne vers la prof avec un sourire : « À demain, madame. » Cette gamine est d’une beauté incroyable, métissage d’un père kabyle et d’une mère allemande, les parents se sont connus sur une chaîne de montage automobile, à Wolfsburg. Leur fille a des yeux vert clair en amande et la peau mate, un rêve de peau qu’on a envie de caresser pour s’assurer qu’elle est bien réelle, des manières d’une douceur incongrue dans cette cité. Et cette merveille de fille, bonne élève de surcroît, est tombée amoureuse du caïd de la classe qui a trois ans de plus qu’elle vu sa propension à redoubler, mais aussi, hélas, un regard noir de petite frappe et une dégaine désinvolte à chavirer toutes les filles du quartier. Ambre est amoureuse, mais vierge encore. Elle se laisse embrasser et caresser les seins par Aziz, elle le branle à travers son jean, mais rien de plus. Il lui a dit : « T'es ma meuf, j'te respecte, t'es pas une pute. » « Oui, se dit Ambre, éblouie, on s'aime. » Aziz la prend par les épaules à la sortie du collège, ils sortent enlacés, les potes les suivent du regard, envieux, sans oser un quolibet ou une plaisanterie. On respecte un caïd même quand il est amoureux.

Dans la cave où ils se réfugient, ils étalent leurs parkas à terre, font de leurs sacs de classe deux oreillers. Ils tournent la tête l'un vers l'autre, yeux dans les yeux. Aziz caresse la joue d'Ambre puis l'embrasse, il sait comme personne caresser ses lèvres fermées avec sa langue. Émue, la petite ferme les yeux dans l'attente de ce qui va suivre. Elle ne tarde pas à entrouvrir la bouche, Aziz mêle sa langue à la sienne, l'aspire, caresse ses dents, son palais, des baisers interminables entrecoupés, lorsqu'ils reprennent leur souffle, de « T'es trop belle, j'te kiffe grave » chuchotés à l'oreille tandis qu'Ambre soupire en écho : « Moi aussi, je t'aime, Aziz. » Pour le lui prouver, elle ouvre le jean du garçon, caresse sa bite à travers le slip.

« Putain, si tu continues, tu vas me faire juter... »

Elle s'interrompt, malicieuse :

« T'as pas envie ? »

Il la regarde, ses yeux noirs soudain fixes et durs :

« Si, mais pas comme ça. »

La voix d'Aziz a changé, elle se fait coupante et fiévreuse, une voix d'urgence... Il sent dans ses couilles le vrai désir du mâle, courber la tête de la meuf, lui enfoncer sa bite dans la bouche et décharger dedans. Être le premier à qui elle taille une pipe, marquer son territoire. Ambre est à lui, il veut la convaincre en douceur.

« Sors-la, regarde-la. »

La jeune fille baisse l'élastique, le sexe se dresse si brutalement qu'elle recule comme si elle avait aperçu un serpent. Aziz se marre :

« N'aie pas peur, elle ne va pas te mordre ! »

Il a failli ajouter « C'est toi qui vas me la mordre » mais s'est retenu à temps. Ne pas effrayer son amoureuse, surtout... Les doigts d'Ambre s'enhardissent, elle les promène sur le gland, là où la peau est si fine... Au bout perle une goutte translucide qu'elle étale avec son pouce. Aziz souffle fort :

« Oui, c'est bien, continue. »

Elle pianote de haut en bas de la verge, en bas il y a les couilles avec les poils, elle n'en approche pas trop, le contact est bizarre, grenu, elle préfère la douceur de la tige couleur caramel qu'elle presse un peu plus fort, arrachant au garçon un sursaut de plaisir.

« Prends-la dans ta bouche. »

La fille fait non de la tête, un mélange d'appréhension et de dégoût, peur du goût, peur de l'odeur... Aziz s'adoucit, lui quémande « juste un petit bisou sur le dessus ». Elle s'aventure, craintive, il lui explique comment faire, bien mouiller la peau avec sa salive, puis le sucer tout du long comme un Carambar. Il plaisante pour la rassurer :

« T'as pas dit qu'elle a une couleur caramel ? »

Ambre s'applique, elle sait que les garçons aiment qu'on les suce, elle en a parlé avec ses copines, aucune n'est fanatique de la pipe, toutes le font parce que les mecs le veulent et certaines, à la longue, disent que ça les excite. À présent, Ambre a la moitié de la bite en bouche, Aziz lui demande de prendre dans sa main les couilles :

« Serre-les un peu, pas trop, continue à sucer en même temps, monte et descend la tête... Putain ! C'est trop bon, tu me suces comme une reine, tu me fais du bien, mon amour... »

Il lui dit les mots qu'elle attend, alors elle lui donne les gestes qu'il désire. Toute seule, elle trouve comment ralentir le mouvement pour ne pas le faire jouir trop tôt, comment presser les lèvres à la base du gland tout en tournant la langue au sommet, elle y prend goût, devient gourmande de lui... Elle découvre la compétence inattendue que confère le désir qu'elle n'appelle pas désir mais Amour, comme toutes les filles de quinze ans.

Le garçon éjacule d'un seul coup, à dix-huit ans on jouit sans compter. Le flot salé, acide, la surprend, le sperme a une consistance gluante et chaude qu'Ambre n'aime pas trop, elle se dépêche d'avaler pour s'en débarrasser. Aziz n'en revient pas, ses copines précédentes se retiraient avant ou crachaient dans un kleenex, discrètement. Avec Ambre, il a touché le gros lot, cette meuf est trop belle, trop bonne...

Le garçon est parti le premier, Ambre sort de la cave cinq minutes plus tard, par prudence, à cause du père d'Ambre qui la tuerait s'il la voyait sortir aux côtés d'un mec. Dehors il fait doux, c'est l'été de la Saint-Martin, des journées d'automne presque estivales qui ne donnent pas envie de s'enfermer chez soi. Ambre rentre sans se presser. Près de la piste de skate il y a un banc caché derrière une haie, le soleil donne dessus, elle s'assoit quelques instants pour en goûter les rayons. Envie de penser à Aziz tranquillement, à cet amour qui lui gonfle le cœur, à l'émotion qu'elle a ressentie en lui faisant plaisir. Elle s'imagine vivant avec lui... Plus tard il sera musicien, il veut quitter le collège à la fin de l'année pour tenter sa chance. Elle n'en doute pas une seconde : avec son physique et sa voix, il deviendra une star.

De l'autre côté de la haie fusent des rires, des éclats de voix auxquels elle ne prête pas attention. Après leur entraînement de roller ou de skate, les potes discutent de tout et de rien, c'est leur pause entre mecs, les filles les accompagnent rarement. Une exclamation la fait sursauter :

« J'y crois pas, tu dis qu'elle avale ? »

La voix d'Aziz parvient à Ambre, une voix de caïd sûr de lui :

« Et comment qu'elle avale, je vous jure que c'est vrai ! »

Une autre voix doute :

« Tu te la pètes, là, j'la connais, elle est trop timide pour faire ça.

— Timide, ouais, mais c'est une chaude...

— Une chaudasse, vraiment, tu dis que c'est une chaudasse ?

— J'ai pas dit chaudasse, bouffon, j'ai dit chaude.

— Raconte !

— J'lui ai mis ma teub dans la bouche pour qu'elle pompe. Elle l'avait jamais fait, mais elle a compris tout de suite, pas besoin de lui expliquer deux fois. Putain !... elle m'a pompé comme une pure salope, bien en rythme, sans les dents, j'lui cognais les amygdales. Elle est bonne, cette meuf, t'imagine même pas comme elle m'a fait gicler. »

Les larmes coulent sur les joues d'Ambre, laissant deux traces blanches de chaque côté de son nez. Elle se mord les poings pour étouffer ses sanglots, surtout ne pas être entendue, qu'il ne se doute pas qu'elle est juste à côté, tremblante de froid et de désillusion. Elle a envie de mourir, elle a envie de le tuer, honte de l'admiration que portent ses potes à ce pauvre mec qu'elle continue pourtant d'aimer. Elle part silencieusement, essuie ses yeux d'un revers de main. Elle doit rentrer faire ses devoirs.

La prof monte sur l'estrade, une idée géniale du proviseur. Depuis qu'il a remis des estrades dans les salles, les élèves font au moins mine d'écouter. Elle tape sur le bureau avec sa règle pour obtenir le silence.

« Bien, vous êtes prêts ? On commence par l'exercice que j'ai donné hier. Qui veut passer au tableau ?... Personne ? Kevin, ça fait longtemps que je ne t'ai pas entendu...

— J'ai rien fait, m'dame, ma petite sœur était malade, j'ai dû la garder.

— Mauvaise excuse, tu aurais pu bosser en la gardant. Tu viendras à la fin du cours avec ton carnet de liaison. Aziz ? »

Le garçon la toise avec son regard noir, son sourire irrésistible :

« J'avais d'autres trucs à faire, madame, j'ai pas eu le temps, j'm'excuse. »

Des ricanements saluent la réplique, suivis de bruits de bouche évocateurs et de mouvements de lèvres obscènes que l'enseignante feint d'ignorer. Elle soupire :

« Deux choses, Aziz : on ne dit pas j'm'excuse, mais je vous prie de m'excuser. Par ailleurs, mets-toi dans la tête que la première chose que tu as à faire, c'est ton travail de classe. Surtout si tu as l'intention d'arrêter ta scolarité en juin, termine au moins une bonne troisième. Bon, qui a fait l'exercice ? »

Un doigt se lève, la prof sourit :

« Ambre ? Viens au tableau, Ambre, on t'écoute. »

La jeune fille monte sur l'estrade, se tourne vers la prof :

« J'ai pensé à une histoire d'ici. Un garçon et une fille sont amoureux, mais ils ne parlent pas le même langage. L'un est joli, voire poétique, l'autre est moche voire insultant... Je vous demande juste de ne pas m'interrompre, je voudrais dire mon texte jusqu'au bout.

— Il n'y a pas de problème, Ambre, on t'écoute... »

Un silence inhabituel est tombé sur la classe, on n'entend pas un raclement de gorge ni un bruit de chaussures. Tous les yeux sont tournés vers Ambre, qui commence d'une voix d'abord sourde, puis de plus en plus assurée :

« Je caresse ton sexe, mon amour, si doux et si fort à la fois, comme la promesse du plaisir que tu vas me donner... »

Son timbre change, devient presque viril :

« Comment elle a attrapé ma teub dans sa main, j'y crois pas... »

Sa voix de fille :

« Ma bouche se fait chaude caverne, refuge pour ta verge, ma langue découvre ton goût intime, mon cœur bat fort en sentant palpiter ton désir. Dans ma main tes boules douces et velues comme des cosses de châtaignes sont des oisillons frémissants... »

Voix moqueuse, accent de la cité :

« Putain mec, cette meuf est chaude, t'imagine pas. Elle m'a pompé, sucé, une pure salope, j'lui appuyais sur la tête, j'ai cru que j'allais lui juter dessus en trois secondes ! Et en plus, elle avale... »

Conclusion mélancolique :

« Je t'ai bu comme un philtre d'amour, au nom des sentiments que je croyais purs, loin de la saleté de la cité... »

La voix enfle, comme un cri de colère :

« Mais j'aurais dû recracher ton sperme, acide comme le venin d'un serpent, amer comme ta trahison. »

Ambre se tait. Elle pose un regard paisible sur la classe pétrifiée. Le visage d'Aziz est plus que cramoisi, carmin. Pas un garçon ne ricane, pas une fille ne moufte. Une nuée d'anges passent...

La prof regarde Ambre, elle est la seule à voir les larmes minuscules à l'angle des yeux verts. Elle s'approche de la jeune fille, lui sourit :

« Je n'ai rien à ajouter, Ambre, tu as tout compris. Je te mets 18. »

6. Chaque homme est une musique

Danser avec toi sur « Besame muchos » et goûter sur tes lèvres les baisers que tu murmures en fredonnant la chanson, avec l'accent qu'il faut, accent du Sud et du soleil, en plaquant ton ventre au mien avec une rudesse qu'en d'autres temps j'aurais trouvée macho, mais que la musique rend tout simplement virile. Et tendre. Ce qui change tout. Ce soir, je serai Carmen tandis que tu ploieras mon corps entre tes bras de mâle pour lui offrir ta *pinga*.

Sentir mes jambes se dérober sous moi tandis que je fais des achats dans un supermarché. Ne pas comprendre ce qui m'arrive, un trouble au milieu des boîtes de petits pois ! Un trouble parce qu'avant même que je ne les identifie, les notes éraillées d'un chanteur sont entrées dans mon cœur : « La Javanaise ». Une chanson que tu aimais. Des images me reviennent, la lumière sur ton corps à fleur de peau, comme un rayon doré qui te transforme en statue de bronze sur laquelle je pose mes mains, longuement. Je me souviens des heures passées à te caresser, plaisir des yeux et des mains, célébration de ton corps plus que du mien, souvent je préfère.

Notes déchirantes d'un fado, cette musique triste m'érotise pour des mots d'avant le siècle d'aujourd'hui, d'avant les années 1980, des mots où tu m'expliquais ce que signifie *saudade*, tandis que je me régalais du mouvement de tes hanches lorsque tu me montrais comment les Brésiliens marchent, comment leur marche est une danse, comment leur danse est une révolte, tandis que je me réjouissais d'avoir le privilège de poser les mains sur toi.

Notes joyeuses du bouzouki, venues de la lointaine taverne d'un village éloigné, tandis que, blottis sous un rocher, nous somnolons, que ma main s'égare et matérialise ton sexe endormi sous le tissu mouillé du maillot. Miracle ! Je sculpte de la vie, je crée du désir, crée le vent de tes soupirs et regarde ton plaisir éclabousser le sable.

Chaque homme est une musique, chaque homme a la sienne, jamais deux n'ont la même. Et j'enrichis mon répertoire.

7. Joli casting

Lily est seule chez elle, dans son minuscule studio où elle tourne en rond. C'est bête de tourner en rond quand on a trente-neuf ans et derrière soi quelques années lumineuses où le travail venait à soi sans qu'on le demande. Mais depuis il y a eu le silence, la mise en quarantaine. Il ne fait pas bon manifester pour les droits des artistes quand en plus on vieillit. On est sur une « black list » informelle, le téléphone reste muet, et à la moindre doléance, le regard des amis d'avant dit si fort qu'on croit l'entendre : « Elle vieillit, elle s'aigrit... » Lily appelle quelques copines de son groupe de théâtre. « Si tu entends parler de quelque chose, tu m'appelles ? » Elle est sans illusions. Si quelqu'un entend parler de quelque chose dans ce milieu, il n'appelle pas : chacun pour soi, il n'y en a pas pour tous.

Machinalement, elle double-clique sur sa messagerie :

« Ce n'est sans doute pas le rôle de ta vie, mais il paraît que c'est bien payé. Bises. Pierre. »

En pièce jointe, une annonce de casting. Lily sourit. Elle a rencontré Pierre deux ans plus tôt dans un bar. Il vendait des aquarelles, Lily traversait une période faste, elle chantait depuis deux mois dans les chœurs d'une comédie musicale. Euphorique après une représentation, elle a acheté à Pierre une aquarelle, lui a proposé de boire un verre. Ils ont bavardé jusqu'à l'aube. Ce type avait tout fait : des études de maths, quelques mois comme prof en banlieue, un an de disponibilité à parcourir le monde et au retour, divine surprise, ses photos de voyage achetées par un grand magazine. Depuis, il gagnait sa vie comme photographe, les aquarelles étaient une passion annexe. Il en nourrissait bien d'autres : Pierre avait fait du théâtre, appris à jouer du saxo, pris des cours de mime et de danse contemporaine. Il avait le physique pour, un corps mince presque gracile, des muscles tout en finesse. Au terme de cette longue nuit, Lily l'avait convié à prendre un café chez elle tout en se disant « Je suis cinglée, je ne connais pas ce type, un jour il m'arrivera un sale truc à force d'amener des inconnus chez moi. »

Il n'était rien arrivé, ni sale truc ni divine surprise. Pierre était reparti après l'échange rituel des numéros de téléphone et des adresses de courriel. Routine des rencontres sans lendemain. On se parle, on ouvre son cœur, on croit qu'il va se passer quelque chose, puis chacun repart dans son univers. La main glissée entre ses cuisses, dans un demi-sommeil, Lily s'était consolée de sa solitude...

Le lendemain, elle avait trouvé un message :

« Merci pour cette délicieuse rencontre, à bientôt j'espère. Pierre. »

Huit jours plus tard, il l'invitait à une fête chez lui. Soirée délirante, baroque, chaleureuse, jamais Lily n'avait vu réunies autant de personnalités différentes dans un si petit espace. En quelques heures, elle avait fait la connaissance de deux Péruviens, trois Congolais, quatre Californiens, un Chinois, deux Italiennes, trois Polonaises, une Japonaise, et tout de même une quinzaine de Français, dont plusieurs Corses, Basques, Auvergnats et autres fous de cultures régionales. Des goûts et des couleurs, du sucré et du pimenté, des alcools forts et des vins de derrière les fagots, des tenues bariolées, des instruments de musique surgis on ne sait d'où et des conversations joyeuses dans un baragouin de français mâtiné d'anglais et d'espagnol...

« C'est qui, tous ces gens ?

— Des amis rencontrés en voyage, il y en a que je connais depuis quinze ans, d'autres moins. On reste en contact. »

Vers une heure du matin, un garçon s'installa au piano, l'une des Polonaises commença à chanter. La fenêtre était ouverte, sa voix limpide s'échappait dans la nuit d'été tandis que tout le monde s'agglutinait autour d'elle, un verre à la main, chacun enlaçant sa voisine ou son voisin. Instant magique, couronné par une salve d'applaudissements venus du trottoir quand la chanteuse se tut. Pierre éclata de rire :

« En définitive, les gens adorent le tapage nocturne... »

Lily l'avait regardé, son visage un peu enfantin rayonnait tandis qu'il débouchait une bouteille d'un grand cru à l'intention d'une des Italiennes. L'espace d'une seconde, elle se demanda s'il se passerait un jour « quelque chose » entre elle et lui. L'instant d'après, elle se dit qu'il se passait quelque chose d'infiniment plus fort qu'une aventure amoureuse, la naissance d'une amitié.

« Ce garçon est parfait, il ne faut surtout pas y toucher. »

« Liliane Delatour ?

— C'est moi », dit Lily en se levant.

La femme s'efface pour la laisser entrer dans un bureau encombré aux murs tapissés d'affiches :

« Je vous explique, dit-elle. Il s'agit d'un clip pour une chanson sexy/romantique. On a besoin de plans rapprochés avec des corps enlacés, des caresses, des mouvements sensuels... Pas porno, hein, je vous rassure, mais érotiques, vous voyez ce que je veux dire.

— Heu, non, pas vraiment. C'est quoi pour vous la différence ? »

La femme lève les yeux au ciel :

« Ce que le chanteur veut exprimer, c'est le désir, pas l'orgasme. Vous comprenez ?

— Oui, oui, bien sûr. En gros, l'orgasme, c'est porno, vous n'allez pas me filmer en train de baiser, mais je dois me déshabiller.

— Exactement. On vous filme nue avec votre partenaire. Vous avez déjà posé nue ? »

C'est le moment où il faut mentir. Lily prend son air le plus crâne :

« Oui, bien sûr, je n'ai aucun problème avec ça.

— Parfait. On vous a choisie parce que votre peau accroche bien la lumière et s'harmonise avec la carnation du comédien. Vous n'êtes plus toute jeune, mais votre corps a plu au réalisateur, une vraie chance ! »

Elle conduit Lily dans une cabine :

« Vous pouvez laisser là vos affaires, ça ne risque rien. Quand vous serez prête, ouvrez l'autre porte, elle donne directement dans le studio. »

La formule lui rappelle celle des infirmières lors des visites médicales, et cette impression bizarre qu'on ressent à arriver en petite culotte dans une pièce où les autres sont habillés. Là, elle n'aura même pas de petite culotte. Lily suspend ses vêtements à la patère, cache son slip dans la poche de sa veste, vérifie qu'elle n'a aucune marque d'élastique sur sa peau, remet un trait de crayon autour de ses yeux, un peu de rouge sur ses lèvres, respire à fond une fois, deux fois, puis se décide à ouvrir la porte. Au milieu du studio trône un grand lit sur lequel convergent les spots, il y a des fils partout, deux caméras. Le réalisateur tourne autour du lit, l'air absorbé. Il lui tend distraitement la main sans un regard pour sa nudité : « Bonjour ! » Au contraire, les deux cadreurs en jean et tee-shirt noirs la détaillent de haut en bas avant de lui serrer la main :

« Salut, moi c'est Thierry. – Benoît, annonce le second. – Lily », dit Lily.

« Votre partenaire finit de se préparer, annonce la directrice de casting. Il a eu du mal à se garer. »

La maquilleuse poudre le visage de Lily, la porte de la cabine 2 s'ouvre sur une silhouette mince en contre-jour. Pierre avance droit sur Lily, l'embrasse sur les deux joues :

« Salut, Lily.

— Vous vous connaissez ? se réjouit la casteuse. Ça va être plus simple. »

Lily n'en est pas si certaine, tout ça a une allure de coup monté que Pierre démonte de sa voix paisible :

« Je suis content que ça ait marché pour toi, je n'étais pas sûr que tu aies fait le casting.

— Et moi, je ne savais pas que tu le faisais.

— Pur hasard ! J'accompagnais un copain et madame – il désigne la casteuse – m'a demandé de faire un bout d'essai parce que ma carnation correspondait à la demande. »

Il rit : « La loi de l'offre et de la demande est impénétrable... si j'ose ainsi m'exprimer pour une scène érotique. »

« Allez, allez, s'impatiente le réalisateur, mettez-vous en place. Allongez-vous sur le ventre, vos visages tournés l'un vers l'autre. Pierre, tu poses le bras autour de la taille de Lily. »

Elle ferme les yeux. Pour jouer cette scène, se concentrer sur les ordres du réal, c'est tout. Ce n'est que du cinéma. Lily tente de s'abstraire de la réalité, elle sent le bras de Pierre se poser sur son dos.

« Baissez un peu l'éclairage... Non, pas de ce côté, de l'autre. Parfait. Pierre, tu descends la main bien à plat sur son dos, puis tu lui caresses les fesses... Pas si vite, mon vieux, j'ai besoin de plans très lents. Remonte et recommence. »

La main glisse sur la peau de Lily, une fois, deux fois, plus... Caresses douces et sans risques, ce n'est que du cinéma. Lily se laisse envahir par une sensation d'absolue quiétude, le plaisir de se laisser aller sans rien décider. Le réalisateur et Pierre sont les maîtres de son plaisir.

« Bon, ça va pour cette séquence. Maintenant, mettez-vous face à face en tailleur. Corinne, attache les cheveux de Lily, je veux un plan sur sa nuque. Lily, tu vas poser ta tête au creux de l'épaule de Pierre et tu lui caresses le dos de la nuque jusqu'au ras des fesses. Toi, Pierre, tu descends ta main du cou jusqu'à sa taille très dou-ce-ment. OK ? Vous êtes prêts ?

— Ça tourne », dit la voix calme d'un cadreur.

Elle ne savait pas que son dos était si ferme, elle ne connaissait pas la douceur de sa peau. Sous la pulpe de ses doigts, elle se plaît à en détailler chaque centimètre carré, descend très lentement, remonte, recommence, les ordres du réalisateur correspondent exactement à son envie de faire, refaire et refaire encore sans jamais s'arrêter... Au bout de ses phalanges une connexion prend vie entre sa peau et celle de Pierre, quelque chose d'électrique et de troublant qu'elle tente d'exorciser en plaisantant à son oreille :

« On est de purs cabots, il nous faut une caméra pour oser nous toucher. »

Pierre ne répond pas, sa main si. Elle imprime une pression plus forte à la base des reins de Lily, qui frémit. Le réalisateur est ravi :

« Parfait, parfait, l'image est superbe. Vous pouvez me la refaire ? »

Mais comment donc ! Ils recommenceraient volontiers jusqu'au bout de la nuit. Benoît zoome la main de Pierre sur la nuque de Lily, il lui demande de soulever les mèches de cheveux, caresse à rebrousse-poil, frisson...

« OK, c'est bon. Maintenant on fait le mouvement des corps pour la fin du clip. En gros, je vous explique. Pierre, tu te mets sur le côté, tu passes ta jambe entre celles de Lily, un bras sous elle, un bras sur elle.

— Autrement dit, il me serre contre lui, coupe Lily.

— Oui, c'est ça. Il te serre, tu le serres aussi et quand je vous le dirai, vous roulez dans un sens puis dans l'autre. Il me faut d'abord Pierre au-dessus de Lily puis Lily au-dessus de Pierre. Attention : quand vous roulez, vous restez bien enlacés, je veux une impression de...

— ... de tronc d'arbre enserré par des lianes ? suggère Pierre.

— C'est ça, exactement ! Allez, on y va. »

Pierre passe sa jambe entre celles de Lily, qui referme les siennes et contracte ses cuisses pour mieux l'emprisonner. Il sent son sexe à lui contre son ventre à elle, leurs chaleurs mutuelles proches d'une fièvre tropicale. Ainsi imbriqués, le moindre mouvement devient caresse. Malgré la présence dissuasive du réalisateur et des techniciens, Pierre se sent durcir, il étreint plus fort Lily pour cacher son émotion grandissante. Elle souffle doucement dans son cou, murmure cérémonieusement à son oreille : « D'ici trois secondes, vous ne serez plus présentable, mon ami. » Pierre éclate de rire, se fait engueuler par le réalisateur, l'incident le ramène à des dimensions raisonnables. Il se concentre pour savourer le plaisir de rouler sur le corps de Lily, puis de la sentir rouler sur lui, la répétition du mouvement leur donne à tous les deux le vertige, ce n'est plus sexuel, c'est au-delà du désir, la sensation d'un envol de leurs corps au-delà de leurs enveloppes matérielles. Ils ferment les yeux, leurs mains prennent de l'indépendance, Pierre caresse Lily, Lily caresse Pierre, ils sont seuls tous les deux, ni les caméras ni les lumières ne peuvent plus les perturber.

« Faut que je change de cassette, avertit Thierry.

— OK, dit le réalisateur, trente secondes de pause... »

Ils n'ont pas entendu, ils continuent à rouler de gauche à droite, puis de droite à gauche, comme s'ils étaient tombés dans une faille du continuum spatiotemporel et avaient définitivement changé d'univers. Le réalisateur les observe, il pose un doigt sur ses lèvres, fait signe à Benoît de cadrer leurs visages aux yeux clos, à Thierry de filmer en plan moyen autour des deux comédiens. Le silence est total. Pour le meubler, la responsable de casting met la musique du clip, une mélodie sirupeuse juste ce qu'il faut. Cet été ce sera le slow qui déchire, l'attrape-cœur absolu. Pierre et Lily bougent au rythme de la musique, leurs corps se confondent. Sous la lumière dorée des projecteurs, ils ont la même peau. Cela dure une minute, deux minutes, une éternité.

« Coupez ! »

Ils se défont l'un de l'autre, se regardent, un peu ahuris, comme s'ils se demandaient où ils sont et pourquoi ils sont là, nus sur ce lit. Le réalisateur leur tend la main :

« Vous avez été parfaits, on va monter un clip d'enfer. »

La directrice de casting a l'air troublé, elle leur demande de passer à son bureau pour les papiers dès qu'ils seront rhabillés. Impassibles, les deux cadreurs remballent leur matériel. L'œil rivé à leur caméra, ils ne se sont rendu compte de rien. Lily signe les formulaires, surprise et ravie par la somme inscrite en bas de la feuille :

« Les nus, c'est mieux payé, précise la directrice. Je vous garde dans le fichier, si on a des clips du même genre à tourner, on vous fera signe. »

À la sortie, Lily attend Pierre, toujours en retard. Il sort, elle lui fait la bise : « Je te remercie de m'avoir branchée sur ce casting. »

Il sourit :

« Je t'en prie, c'était un plaisir... »

Silence...

« ... Pour moi aussi. »

Il la regarde s'éloigner, pensif. Jamais il ne lui avouera qu'il est l'auteur de la chanson et le commanditaire du clip.

8. *Jeux de miroirs (2)*

Il lui a demandé de mettre ce qu'elle déteste, les attributs ringards de la féminité, fantasme de vieux beau en mal d'érection : porte-jarretelles et bas noirs, cuissardes de latex à hauts talons, maquillage rouge et noir, œil charbonneux et bouche sanglante.

Il ne lui a rien demandé, il a décrit. Ce n'est pas un ordre, c'est une évidence. Il a détaillé la façon dont elle devait se présenter à lui et en lisant sa lettre, écrite à l'encre violette sur du papier vélin toilé, avec une écriture étrange, des pleins et des déliés, des hampes de lettres comme des flèches, elle s'est laissé lentement imprégner par l'idée que cela n'était pas choquant, que c'est possible, que ce sera.

Le plus difficile : trouver la lingerie adéquate, celle qui respectera les consignes sans la heurter, elle, dans son identité. Mais sait-on jamais qui on est ? Elle erre dans plusieurs boutiques, essaie une tenue, puis une autre, se trouve ridicule sous la lumière blafarde des cabines et se décide finalement pour ce que la vendeuse lui présente comme un « excellent rapport qualité/prix ». L'argument est rationnel, rassurant.

Elle rentre chez elle, enfile le porte-jarretelles, y fixe les bas en se contorsionnant pour en équilibrer les crochets, met les cuissardes, brosse ses cheveux, farde son visage. Debout face à la grande glace de sa chambre à coucher, volets à demi clos, elle détaille dans la pénombre cette femme juchée sur ses talons qui lui semble immense. Elle tourne d'un côté, puis de l'autre, jette un regard sur ses fesses encadrée par les lanières de dentelles. « Si j'étais un mec, je me draguerais volontiers. » Pensée fulgurante, étonnante : ainsi déguisée en femme-femme, c'est son instinct mâle qu'elle ravive. Elle ne se trouve ni belle ni féminine, elle se trouve « bandante », le sexe gorgé d'une émotion triomphale. Sans cesser de se fixer dans la glace, elle recule de deux pas, ouvre à tâtons le tiroir de sa table de chevet et en extrait un gode de belle taille qu'elle s'enfonce lentement dans la chatte en se regardant bien en face tout le temps de l'intromission, jambes écartées, bien calée sur ses talons. Elle se viole, elle se prend, elle va toucher le fond de son ventre, c'est à la limite du bon et de la douleur mais le plaisir gagne et sa bouche s'ouvre sur un long cri de jouissance. Elle retire l'engin le plus lentement possible pour bien sentir se refermer peu à peu ses parois, et observer sur le latex noir les perles luisantes de son plaisir.

Viendra-t-elle, ne viendra-t-elle pas ? Il n'en sait rien, il a écrit cette lettre par bravade, juste pour savoir s'il réussira à dompter cette fille qui lui plaît et l'irrite à la fois. Partagé entre l'envie de la soumettre et le désir qu'elle le domine. Elle réveille en lui des pulsions féminines, le désir qu'elle le prenne et le conduise là où il a envie et peur d'aller. Il regarde sa montre : encore une demi-heure avant l'heure fixée. Elle viendra, il en est sûr. Mais il ne sait si elle viendra par désir ou par défi.

L'autoroute est encombrée tous les vendredis soir. Elle peste, il aurait pu choisir un autre jour ! Il bruine sur l'asphalte, les phares des voitures giclent en flaques dorées qui l'éblouissent, un poids lourd lui fait une queue de poisson, elle l'évite de justesse. Surtout, ne pas avoir d'accident, elle n'ose imaginer la tête des pompiers s'ils la découvraient inanimée quasiment nue sous son long ciré noir. L'idée la fait sourire, sourire bienvenu pour calmer les battements de son cœur. Elle emprunte la bretelle, sort du flot de voitures, se retrouve sur une petite route sans éclairage, dans un bourg sans grâce où les troquets commencent à baisser leurs rideaux de fer. Il habite un de ces villages pavillonnaires où les maisons s'alignent comme des Lego usés, briquettes toutes pareilles, toit rouge et bout de pelouse rabougri devant. Elle regarde sa montre : elle a six minutes de retard.

Dans l'entrée où il la guette, il a entendu le moteur de la voiture, entendu claquer la portière. La peur qu'elle ne vienne pas, qui l'étreignait depuis six minutes, s'évanouit.

La porte est entrouverte, derrière il y a un épais rideau qu'elle écarte avec précaution. Elle avance dans l'obscurité. Il est là, immobile dans le même costume noir que son reflet d'antan, il la saisit par surprise, clôt son cri d'un long baiser. D'ordinaire, les histoires d'amour s'achèvent sur un long baiser, ici il commence l'histoire.

« Ferme les yeux. »

Il serre autour de sa tête un bandeau opaque. Elle ne voit plus rien, rien que les lumières rouges du sang battant sous ses paupières. Il la fait avancer, l'immobilise après une quinzaine de pas. Des doigts entrouvrent le ciré noir et en écartent les pans.

« C'est bien, murmure-t-il, tu as suivi les instructions. »

Il tourne autour d'elle, fait courir ses mains sur son dos et ses fesses, caresses sèches et rapides, il n'exprime aucune tendresse, aucune sensualité, il est comme un propriétaire vérifiant la conformité de l'objet qu'il a commandé.

Curieusement elle en est satisfaite, elle n'avait pas envie de mélanger les genres.

« Sais-tu pourquoi tu es là ?

— Pour voir si j'ai confiance en toi et en moi.

— Et alors ?

— Il est trop tôt pour répondre.

— Sais-tu ce que je vais te faire ?

— Je n'en ai aucune idée.

— Alors tu as la réponse à ta question. »

Deux heures durant, il jouera avec son corps suspendu à une corde, ligoté, caressé puis corrigé, il sortira le grand jeu des lanières et des pinces, de la cravache et du martinet, des bougies et des onguents qui enflamment la peau, ses mains claqueront ses fesses, ses doigts fouilleront partout, sa voix sera sévère, ses silences menaçants. Elle sera concentrée sur elle-même, sur ces sensations inédites, sur le plaisir de ne pouvoir rien anticiper, rien prévoir, rien répliquer. Elle savourera la jubilation d'avoir osé être là.

Il la fera s'allonger sur un lit trop court, la tête renversée en arrière. Un coussin sous ses reins fera saillir le ventre de Lola sur lequel Adrien posera sa queue chaude. Elle frémira.

« Tu en as envie ? Elle n'est pas pour toi. »

À vrai dire non. Elle n'a pas envie qu'il la baise, pas envie de son sexe, pas envie d'orgasme, c'est lui qu'elle veut faire jouir dans sa tête. Depuis leur premier regard elle sait qu'est là son désir : le pousser dans les derniers retranchements de ses fantasmes et l'y accompagner. Alors bien sûr, elle dit les mots qu'il attend :

« Oui, je t'en prie, prends-moi, fais-moi jouir, je n'en peux plus. »

Il la caressera quelques instants avec le bout de son sexe, puis s'écartera, empoignera sa verge à pleines mains et la secouera. Il voudra jouir sur elle, répandre son sperme sur son visage et dans ses cheveux... Sous le bandeau, elle sera plus qu'en éveil, centrée sur lui et son plaisir en marche, l'attente la fera mouiller, elle aimera imaginer ce qu'il a en tête tandis qu'il regardera ruisseler sa jouissance sur le visage de Lola.

Ensuite, il lui dira de fermer les yeux, dénouera tendrement le bandeau, essuiera les coulées de sperme sur son front, ses joues et son cou.

Puis il se redressera, reculera de quelques pas : « Ouvre les yeux. »

Elle clignera des paupières pour s'accoutumer à la lumière, remontera en contre-plongée le long de ses jambes immenses habillées de dentelle blanche, apercevra son corps d'homme serré dans une guêpière affolante, s'arrêtera sur son visage, regard ombré de noir, bouche carmin. Il aura un sourire carnassier en désignant d'un geste large la table encombrée de ses instruments de plaisir :

« À toi de jouer maintenant, je t'appartiens. »

9. Parking de nuit

Dix-huit ans, le bac en poche, série S, mention bien. Avec en prime le permis de conduire, réussi dix jours avant la publication des résultats du bac. Carton plein pour Stéphane. Il se marre en lisant pour la dixième fois son nom sur la liste : « Ce soir à la maison, ça va être fête au village. La gloire du fils unique ! » Au téléphone, sa mère piaillait de bonheur, son père se la jouait plus sobre, mais on sentait derrière la voix grasseyante une fierté virile.

Après le champagne pas assez frais, le père s'est levé. Stéphane se résignait à une logorrhée abrutissante, son vieux est incapable de parler sans faire une tirade de trois plombes, il faut dire qu'il est garagiste : « concessionnaire réseau » comme il dit fièrement, donc habitué à faire l'article pour vendre, vanter, convaincre. Et justement il agite des clés de voiture à trois centimètres du visage de Stéphane, manquant l'éborgner :

« 96 000 km, excellent état, 206 gris métallisé...

— Décapotable ?

— Non, tout de même pas. Berline, mais nickel. C'est une reprise première main, j'ai fait la vente initiale, je connais le client, un type soigneux.

— Arrête ton numéro, papa, j'suis pas acheteur, je n'ai pas une thune ! »

Le père laisse planer un silence, il ménage ses effets pour présenter les clés à plat dans sa paume, sur un plateau pour ainsi dire, en articulant solennellement :

« Non, fils, je te la prête pour les vacances. Ce n'est pas tous les jours que mon fils unique réussit à la fois son bac avec mention et son permis de conduire. »

Suivent les recommandations d'usage :

« Prends-en soin, surtout. Sois prudent, tu es conducteur débutant, même si je te fais entièrement confiance. Et rapporte-la sans faute fin août, je la réviserai et la mettrai en vente début septembre. »

Le père ajoute, gouailleur :

« Avec cette bagnole, mon gars, les filles vont tomber comme des mouches. La 206, c'est un piège à meufs ! »

Et voilà, il ne peut pas s'en empêcher ! Glisser un mot « d'jeune » dans la converse histoire de prouver qu'il n'est pas totalement largué. C'est comme ça qu'on gâche involontairement le plus gentil cadeau. Pas de la faute du père, cela dit. Longtemps, Stéphane s'est demandé si la bonne façon de faire son coming-out ne serait pas d'offrir à ses parents un package all inclusive :

« Salut p'pa, salut m'man, j'ai trois nouvelles : je suis reçu au bac, j'ai mon permis et je préfère les mecs. »

Ou alors, façon blague à deux balles :

« Papa, maman, j'ai une bonne et une mauvaise nouvelle. La bonne : je suis reçu au bac et au permis. La mauvaise : je suis pédé. »

Il aime moins cette version. Pour le principe. En quoi être pédé serait-il une mauvaise nouvelle ? Deuxièmement : peut-il dire qu'il est pédé avant d'avoir concrétisé ? Sa rêverie n'a duré que quelques secondes, suffisamment pour que le père se méprenne :

« Excuse-moi, fiston, je ne veux pas me mêler de ta vie privée, c'était pour rire, hein ? Tu sais que ta mère et moi, on ne cherche pas à te caser. Profite de la vie, tu as le temps. »

Embarrassé, le père lâche enfin les clés dans la main de Stéphane, lui tend les papiers de la voiture, plus un billet de 50 euros :

« Pour ton premier plein.

— Merci, papa, c'est super sympa. »

*
**

« Suis-je ou non pédé, that is the question. »

Argument contre : je suis déjà sorti avec des filles, jamais avec un garçon. Argument pour : aucun éblouissement, aucune vraie émotion en sortant du lit d'une fille, plutôt l'envie de me dire : « Ce n'est que ça, l'amour ? » Pas déçu, indifférent. J'ai plus de plaisir en me branlant devant des photos de mecs à poil.

Argument contre : j'ai un peu la trouille de passer à l'acte, comme si c'était un point de non-retour, l'instant I où sera inscrit sur mon front : « Attention, pédé. »

Argument pour : cette trouille et cette appréhension font partie de mon désir. Rien qu'à imaginer la main d'un homme dans mon slip, je bande comme un fou. Quant à imaginer ce qu'il me ferait... j'en frissonne d'avance : de peur ou de désir ?

Argument contre : je déteste les folles perdues, les Gay Pride, le Cox où pas une fille n'oserait venir seule prendre un verre, la ghettoïsation des homos. J'ai des amies filles et j'y tiens.

Argument pour : ce ne sont que des copines depuis des années, seuls les garçons m'émeuvent... Oh putain, le con, il m'a fait une queue de poisson !!!!! Moins une, il me rentrait dedans. Je commence à fatiguer, je vais prendre de l'essence et un café. »

La station d'autoroute est un relais régional avec tout ce qu'il faut pour le bonheur de l'automobiliste : outre l'essence, des journaux, bonbons, gadgets divers ou saugrenus comme des peluches géantes capables d'occuper la place passager d'une berline moyenne ou des livrets d'histoire géopolitique du Moyen-Orient et de jardinage biodynamique. Stéphane traîne entre les rayons, s'apprête à prendre un café puis se ravise en voyant l'heure : « 21 h 30, déjà. L'heure d'été, c'est infernal. J'ai faim. Je vais carrément m'offrir un plat au grill, la classe ! »

La salle est calme, le gros des vacanciers se pressent à la cafeteria ou au distributeur de sandwiches. Tandis qu'il découpe son entrecôte, Stéphane sent un regard posé sur lui. Il lève les yeux, croise ceux d'un homme jeune – trente ans, trente-deux ans ? – qui lui semble infiniment mûr. Il a un visage acéré, des yeux très noirs un peu enfoncés dans les orbites – à moins qu'il n'ait des cernes – une chemisette bleu vif ouverte en V sur une peau fine et bronzée. On aperçoit ses clavicules, son ossature nerveuse. Stéphane s'étonne de noter tous ces détails en un clin d'œil, en un clin d'œil il sait que l'homme le trouble. Son sourire, bouche fermée, dessine de part et d'autre de ses lèvres deux fossettes. Une troisième fossette au creux du menton achève d'emballer le cœur du jeune homme.

Il baisse la tête, tente de se concentrer sur son assiette. L'homme, un verre à la main, le fixe comme un prédateur fixe sa proie, calmement, sans hâte, sûr de le capturer quand il le décidera. Stéphane passe sa langue sur ses lèvres desséchées, avant de réaliser que ce geste peut être interprété comme une invite. Il rougit, se sent basculer, bousculé...

Il lève la main : « Un café et l'addition, s'il vous plaît. »

Lorsque Stéphane quitte le restaurant, l'homme racle tranquillement le fond de crème d'une île flottante, sans un regard ni un sourire vers lui. Un type ordinaire. Si ça se trouve, un voyageur de commerce, brave père de famille tout ce qu'il y a d'hétéro...

La 206 est garée sous un arbre, on ne voit qu'elle, éclairée par ses phares. Autour, l'obscurité est totale. Stéphane met deux secondes à réaliser :

« Putain, quel con ! »

Il se précipite, entre en trombe dans la voiture comme si les quelques secondes gagnées allait inverser le cours des choses. La clé fait un navrant petit « clic » dans le démarreur muet. Par acquit de conscience, le jeune homme tente une seconde, une troisième fois. Rien. Sa batterie est vide, totalement vide.

« Je suis un naze », se dit-il, et cette pensée

l'atteint au cœur. Il y a une heure il roulait auréolé de ses succès, et le voilà comme un gosse perdu en forêt.

« Vous êtes en panne ? »

Stéphane sursaute. L'homme est derrière lui. Le son de sa voix est exactement ce qu'il imaginait : profond, un peu métallique, sûr de lui. Le jeune homme bredouille.

« Oui, c'est idiot, j'ai mis les phares sous un tunnel puis j'ai oublié de les couper. Faut dire qu'il faisait encore jour quand je me suis arrêté, leur lumière ne se voyait pas... »

Il s'embrouille, s'emmêle, veut se justifier. L'homme le rassure :

« C'est arrivé à tout le monde, ne vous en faites pas, on s'est tous fait avoir avec ça. Le problème est de repartir. »

Il réfléchit, Stéphane attend, tranquille. Les mots de l'inconnu l'ont rasséréné. L'homme s'éloigne de la 206, gagne l'allée voisine, revient :

« Je suis désolé, j'ai laissé mes câbles dans mon garage. Cela dit, si votre batterie est totalement vide, ce serait mieux de la recharger, vous ne croyez pas ?

— Oui, mais le garage de la station n'ouvre que demain matin.

— Je peux vous proposer une chose : j'ai un chargeur chez moi, on prend votre batterie, on va la mettre en charge, je vous conduis dans un hôtel et je vous ramène ici demain.

— C'est super sympa, mais je ne voudrais pas vous déranger. »

L'homme sourit : « Si vous ne voulez pas me déranger, vous n'êtes pas sorti de l'auberge ! Mais rassurez-vous, ça ne me gêne pas du tout, j'habite à deux pas. »

*
**

L'homme habite effectivement tout près, à la première sortie de l'autoroute, puis deux ou trois kilomètres en rase campagne. Sa maison se trouve à l'entrée d'un village. Cinquante mètres plus loin clignote l'enseigne chaleureuse d'un restaurant. Stéphane se demande pourquoi l'homme a préféré dîner dans ce grill sinistre de station-service. Il se tourne vers lui, tend la main :

« Moi, c'est Stéphane.

— Et moi Antoine. Entre, Stéphane. »

La porte ouvre sur un immense séjour que prolonge une loggia vitrée débordante d'orchidées, de lys, de palmiers nains, d'espèces luxuriantes inconnues du lycéen, dont les parfums lourds le saisissent.

« Mon jardin d'hiver tropical », présente Antoine. L'alliance des deux mots ravit Stéphane. Froid et chaud. Chaud et froid. Il sent monter en lui un trouble brûlant, réprime un frisson. La moquette claire de haute laine, le canapé d'angle corail, la sculpture tenant lieu de lampe, l'écran plat sur un pan de mur, tout lui plaît. Il se sent non pas chez lui, mais là où de tout temps il avait envie d'être.

« Je suis dans un décor de cinéma », se dit-il. Cette réflexion accentue son désir de sortir de son existence de jeune homme ordinaire pour vivre une parenthèse magique. La voix d'Antoine lui parvient de la cuisine :

« Je nous sers un Cuba libre, rien de tel pour positiver », annonce-t-il.

Il prononce « Couba libré » avec l'accent, il a dit je « nous » sers, tutoyé d'emblée Stéphane... Celui-ci ne répond pas, il se concentre sur les bruits qui lui parviennent, la porte du frigo qui s'ouvre et se referme, le pschitt d'une bouteille qu'on décapsule, le pétillement dans le verre, chaque bruit semble intensifié, bande sonore annonçant la scène clé du film. Stéphane reste planté au milieu du séjour, face à la véranda. La main d'Antoine lui tend un verre. L'homme est derrière lui, contre lui. Sans un mot, il embrasse Stéphane dans le cou. Le contact des lèvres fait frémir le jeune homme qui ne bouge pas, ne dit rien. Seule sa respiration rapide le trahit.

« Ça te plaît ? »

C'est à peine une question, plutôt une affirmation. Stéphane n'y répond pas, il jubile :

« Ça y est, un homme me tutoie et m'embrasse, un homme m'embrasse... »

Celui-ci a des gestes précis et doux, il soulève le tee-shirt de Stéphane qui lève spontanément les bras pour lui faciliter la tâche. Le voici torse nu face à un inconnu qui pose ses lèvres sur son torse, vient lécher ses aisselles, mordre son épaule, serrer entre ses incisives ses bouts de seins dont il n'aurait jamais soupçonné la sensibilité. Un homme qui lui prend le verre des mains et le lui porte à la bouche :

« Bois, je suis sûr que tu as soif. »

Le jeune homme avale une gorgée, Antoine en boit une à son tour, lui retend le verre. Une gorgée l'un, une gorgée l'autre. Quand le verre est presque vide, l'homme penche la tête en arrière et laisse glisser le glaçon dans sa gorge.

« Ouvre la bouche. »

Le glaçon passe d'une bouche à l'autre, fond entre leurs lèvres qui se touchent, leurs langues emmêlées dans un baiser qui n'en finit pas. Elles s'enlacent, se frôlent, parcourent leurs dents, s'aspirent voluptueusement, tandis que les mains d'Antoine caressent et griffent le dos de Stéphane. À son tour le jeune homme veut découvrir cette peau masculine.

Alors, pour la première fois, déboutonner la chemise bleu roi, découvrir la peau épilée si douce, poser sa bouche à la base du cou puis la descendre lentement vers la ceinture, se retrouver à genoux devant l'homme, l'enlacer à la taille, pétrir ses fesses à travers le pantalon et se dire : « Ça y est, j'y suis, je le fais. » Du bout des doigts, écarter légèrement la ceinture et humer le parfum épicé qui s'exhale du lieu. La respirer comme une drogue aphrodisiaque.

« On sera mieux allongés », murmure Antoine en entraînant le jeune homme vers la chambre.

Sans le regarder, Stéphane enlève son jean et ses chaussettes. Il reste debout face au lit, en slip.

« Allonge-toi sur le ventre et ferme les yeux... »

Le garçon obéit sans hésiter, laisse Antoine lui retirer son slip. C'est facile d'être nu lorsqu'on ferme les yeux, grisant d'entendre qu'on a un beau cul, de sentir sur ses fesses la paume large qui les empoigne et en fait le tour, comme si elle marquait son territoire. L'autre main se glisse sous lui, vérifie qu'il bande comme il faut et presse la bite qui durcit un peu plus. La voix grave murmure :

« J'aime comme tu as envie. »

Stéphane gémit, partagé entre l'attente et la crainte de ce qui va suivre. Un doigt impérieux glisse entre ses fesses. Il se contracte. Antoine n'insiste pas, ses deux mains s'éloignent, Stéphane s'en veut de les avoir fait fuir, pas longtemps, une seconde seulement, assez pour qu'il réalise la force de son désir. Les deux paumes se posent à nouveau sur ses fesses et les écartent avec douceur. Le jeune homme se sent scruté par le regard d'Antoine : « Est-ce qu'il me trouve désirable ? » Oui, sans doute, puisqu'il sent une langue le lécher de haut en bas puis s'attarder sur son trou, puis pousser un peu, pas trop, avant de s'éloigner. La voix d'Antoine constate plus qu'elle ne questionne :

« C'est la première fois... »

Les yeux toujours clos, Stéphane souffle :

« Avec un homme, oui... »

Antoine saisit la boîte de gel, y plonge la main. Ses doigts prennent la place de la langue, des doigts glissants qui caressent l'ouverture, l'enduisent patiemment, tournent autour pour la détendre avant que l'un d'eux ne s'aventure avec précaution... Stéphane se sent pénétré, son premier réflexe est de se crisper, mais aussitôt Antoine lui assène sur le cul une petite claque si surprenante que le jeune homme se détend aussitôt. Le voici investi, fouillé, massé à l'intérieur et chaviré que ce soit si bon. Il tremble, gémit quand il sent un deuxième, puis un troisième doigt l'ouvrir, chaque pénétration précédée d'une tape légère qu'il se surprend à réclamer : « Oh oui, encore ! »

Il découvre le plaisir de se laisser faire, son excitation l'ouvre sans réticence, le voici prêt à accueillir en lui le sexe d'Antoine, quand brusquement tout s'arrête. L'homme a retiré ses doigts, il retourne Stéphane sur le dos, Stéphane qui murmure :

« Pourquoi tu arrêtes ?

— Je n'arrête pas, je continue. Je veux caresser ton ventre, je veux te sucer, que tu me suces, te serrer fort comme ça, tu vois. »

Il voit, il sent l'enchevêtrement de leurs deux corps si semblables, leurs cuisses emmêlées, leurs muscles fins et durs qui se frottent.

« Tu as la peau douce... »

Tous deux l'ont murmuré en même temps. Ils oscillent l'un sur l'autre et se retrouvent tête-bêche, occupés à se goûter et à se dévorer avec une avidité totale. Antoine se retire juste à temps, le lâche juste à temps :

« Ne sois pas si pressé...

— J'ai envie de jouir...

— Pas encore... Laisse-moi faire. »

Il le reprend en bouche. Stéphane sursaute : rien à voir avec les gâteries de ses copines, si attentives pourtant. Il se sent investi de tous côtés par la langue et les doigts d'Antoine, aspiré, pénétré, pétri, bite électrique, couilles incandescentes, ventre en fusion, cul fiévreux, le jeune homme n'est plus qu'une somme d'excitations convergentes, comme des ruisseaux cumulant leur énergie pour donner au fleuve sa puissance. Il ne pense plus, ne se demande rien... Antoine relève la tête, empoigne la verge du jeune homme, et d'une seule pression la fait jaillir, tandis que ce dernier hurle son plaisir sans aucune retenue.

*
**

Ils sont allongés dans la pénombre. À contre-jour, le sexe d'Antoine se dresse, ferme encore mais plus tranquille. Stéphane le caresse, soupire :

« Tu ne m'as pas enculé... »

Antoine se tourne vers le jeune homme, un léger sourire aux lèvres, sourire bouche fermée avec ces fossettes ironiques qui l'avaient tant troublé au grill de la station-service :

« Et alors ? Tu n'as pas joui ?

— Oh si ! C'était géant...

— J'avais envie de ça, te montrer qu'un pédé n'est pas qu'un enculé, te sortir de la tête ces préjugés de sexualité primaire dont les hétéros nous affublent et que tu as forcément puisque tu viens, par définition, d'une famille hétéro : tout homosexuel est né d'un couple hétéro, preuve que ce n'est pas héréditaire ! Jouir entre hommes, Stéphane, c'est pouvoir tout faire : se caresser, se pénétrer, chacun son tour prendre ou être pris, se faire mal pour se faire du bien, être tendre ou brutal. C'est goûter nos odeurs et nos jus dont on n'a pas peur parce qu'on a les mêmes. On est semblables, donc on n'a peur de rien. »

Il se penche sur le jeune homme, enfouit les doigts dans ses boucles brunes puis parcourt son visage d'un index léger, redessine ses lèvres, contourne ses oreilles avec une infinie délicatesse :

« Tu as une beauté d'archange, profites-en. »

Stéphane rougit et sourit sous le compliment. Antoine se penche sur ses lèvres qui ont un goût de sexe, savoure sa propre odeur dans la bouche du jeune homme, lèche délicatement son cou puis lui murmure à l'oreille en lui montrant la capote extra-strong qu'il tient entre ses doigts :

« Ne t'en fais pas, tu vas l'avoir, ton fantasme. Dès que je suis assez dur, je te retourne en levrette et je te défonce à sec. »

10. Eaux troubles

L'envie, parfois, d'aller au bout de soi. D'abattre peu à peu les barrières pour vérifier si le plaisir a une limite, s'il s'attache à un homme ou à un sentiment, ou s'il est tapi en soi.

S'il vient du plus profond du ventre, découvrir ce qui se cache au fond de ce puits sombre, cette part de moi inconnue où se terrent des violences, des extrêmes. Envie de me faire peur à force de n'avoir peur de rien.

Sous les paupières, lumière rouge sang, images de prisonnière attachée et livrée, consentante. Alors qui du Maître ou de l'esclave mène le jeu ? Lumière bleu marine, l'esclave reprend la main. Le Maître se soumet, il lui offre son corps. Envie de le pénétrer. Il n'y a plus de frontière entre l'intérieur et l'extérieur, tout de moi lui appartient, tout de lui est à moi. Nos cris sont-ils de fureur ou de plaisir, de douleur ou d'extase ? Cela n'a plus aucune importance.

11. Solitude de la thésarde

Elle a quitté sa chambre d'étudiante en cité U pour un minuscule deux-pièces dans un quartier modeste. L'immeuble n'a que quatre étages, sans ascenseur. Très vite, elle a fait le tour des locataires. Au rez-de-chaussée, deux Russes d'un certain âge passent le plus clair de leur temps la porte semi-ouverte, à grommeler des mots incompréhensibles en buvant force vodkas. Marine trouve les bouteilles vides dans la poubelle dévolue aux papiers, les retire et va les porter au container en râlant de ce manque de civisme puis se reprend :

« Que peut vouloir dire civisme pour ces exilés un peu louches dont l'unique passe-temps semble être de monter des coups tout aussi louches pour gagner de quoi acheter leurs bouteilles quotidiennes ? »

En face des Russes, dans un gourbi de quinze

…s, six personnes squattent, jamais … Leur boîte aux lettres ressemble à …ge international constellé d'étiquettes de t… formes et de tous formats, avec des noms venus des cinq continents. Le premier étage est occupé par un professeur d'anglais à la retraite qui cohabite là avec sa fille, une donzelle maigre comme un chat crevé, nantie d'une queue de cheval si blonde qu'elle en paraît blanche. On ne lui donne pas d'âge, parfois Marine pense qu'elle n'a pas plus de vingt ans, d'autres fois, la voyant descendre pas à pas chaque marche, le visage crispé par l'effort, elle lui en donnerait cent, mais cent ans de bonne sœur au visage lisse non érodé, qu'aucune émotion, aucun plaisir n'a fait se plisser.

Le deuxième étage est le sien.

Au troisième vit une famille de quatre enfants, sans histoires. C'est à peine si Marine entend de temps à autre au-dessus de sa tête le bruit lancinant d'une bille qui rebondit plusieurs fois sur le parquet avant de rouler d'un bout à l'autre de la pièce.

Tout en haut, elle ne sait pas qui habite. Elle a juste remarqué, en levant la tête depuis la rue, une verrière somptueuse malheureusement masquée par un store blanc qui ne lui a pas permis de voir qui habitait là, ni de rêver la vie des occupants en regardant leurs meubles.

Marine est seule depuis deux mois. Fin de thèse. Elle a dit à Olivier qu'il ne pouvait plus vivre ici avec elle, qu'elle avait besoin de tranquillité pour finir de rédiger ce monument de sept cents pages sur lequel elle trime depuis trois ans :

« Tu comprends, c'est la dernière ligne droite, je ne veux pas me planter. »

Olivier est parti, vexé, parce qu'elle a évoqué un « besoin de tranquillité ». Il y a vu une allusion agressive à ses goûts musicaux, le heavy metal ne peut pas s'écouter pianissimo tranquillo, même au casque on en perçoit les rythmes, le parquet vibre, et la vibration fait glisser des feuilles de papier du bureau de Marine jusqu'au sol. Elle hurle :

« C'est quoi ce bordel, tu comprends pas que j'ai besoin de calme ???!!! »

À présent, tout est calme. Trop calme. La soutenance aura lieu fin septembre, août a vidé l'immeuble, les rues, la ville. Olivier est parti début juillet pour tout l'été :

« Si je ne peux pas te voir, à quoi bon rester ? »

Il y avait de la rancœur dans sa voix. La dernière fois qu'ils ont fait l'amour, Marine avait la tête ailleurs, et son corps suivait la tête. Ailleurs. Quand la tête n'est pas là, c'est fou ce que la peau, même douce, même dorée, même aimée d'un amant semble une surface anodine, anonyme. Olivier s'est dressé sur ses avant-bras avec une énergie farouche, comme s'il s'apprêtait à enchaîner une série de vingt pompes. Il a agité longtemps ses fesses belles et fermes en variant les rythmes et en tortillant du cul pour cogner à l'intérieur d'elle sous des angles différents, bref il s'est donné un mal fou pour la faire jouir avant de s'affaler en soufflant. L'éjaculation est un sport essoufflant. Marine l'a trouvé lourd, elle l'a doucement écarté pour respirer plus à l'aise.

Il ne faisait pas bien chaud ce dernier week-end de juin, tous deux se sont rhabillés très vite et sont descendus dîner au petit chinois où ils ont leurs habitudes. En rentrant, ils se sont couchés immédiatement, serrés l'un contre l'autre. En entourant Olivier de ses bras, avec la chaleur de son ventre tout contre son dos, Marine a senti une bouffée de tendresse l'envahir. Elle a griffé doucement sa nuque du bout des ongles et picoré ses épaules de baisers mouillés, tandis qu'il s'assoupissait en balbutiant dans un demi-sommeil qu'elle était chiante mais qu'il l'aimait.

Depuis, c'est la canicule. Marine travaille devant son écran en débardeur et petite culotte. De temps à autre, pour se détendre, elle va prendre le soleil sur la terrasse de l'immeuble mais redescend bien vite, la chaleur y est intenable.

Ce jour-là, en redescendant l'escalier à pas de loup, avec juste un paréo noué sur ses seins, Marine entend des voix au quatrième étage, des voix murmurantes et graves. Curieuse, elle s'immobilise sur le palier. Une voix questionne, l'autre proteste. Elle perçoit des bribes de syllabes « ... Pas mon truc, non... » La première voix insiste. Il y a un bruit de zip, un froissement de tissu, un silence, puis deux mots prononcés par un timbre mâle : « Tu aimes ? » Marine attend la réponse, le soupir ou le gémissement féminins consacrant la virilité de l'homme, mais c'est une voix de garçon qu'elle entend murmurer : « Oui, c'est bon... » et la première triompher : « Je savais que tu aimerais... » Il y a comme un grincement, le bruit d'un meuble qu'on pousse, d'un lit qui ne résiste pas au plaisir des amants et dérape sur le plancher.

Marine donnerait dix ans de sa vie pour traverser les murs et assister à la scène. Elle imagine les deux corps bronzés s'enlacer de toute la force de leurs muscles dans ce combat pluriel et singulier où l'on ne sait plus trop bien qui prend et qui donne, elle visualise leurs cuisses et leurs jambes emmêlées, comme nouées ensemble, leurs peaux luisantes de sueur glissant l'une sur l'autre, cherchant des points d'appui, trouvant leurs points d'entrée, et finissant par se fondre l'une dans l'autre... Elle sent sa poitrine se soulever de plus en plus vite et son souffle devenir rauque. Vite, elle descend les deux étages, ouvre précipitamment sa porte et la referme à double tour, comme pour se défendre d'un trouble menaçant. Elle se précipite dans la kitchenette, avale d'un trait un grand verre d'eau citronnée, et s'essuie le front pour chasser de sa tête ces images importunes quand on a une thèse à rédiger...

« Marine, concentre-toi ! »

Sa peau moite sent l'huile solaire, une odeur de coco et de jasmin, de vacances et d'insouciance. Elle en aurait besoin : après la thèse, si elle réussit, elle devra trouver du travail. Si elle rate... elle préfère ne pas y penser. Dans les deux cas, fini l'insouciance.

Tandis qu'elle relit son texte, sa main droite s'égare entre ses cuisses. Au début, c'est un geste machinal, une façon de détendre l'épaule, de relâcher le bras que crispe le maniement de la souris d'ordinateur. Puis c'est la douceur des doigts qui remuent doucement par-dessus le tissu de la culotte d'abord, puis directement sur la peau. Malgré la chaleur, Marine frissonne... Elle a envie de faire l'amour. Un désir tout simple, sans fioritures, juste l'envie d'un corps sur le sien, d'une voix murmurant « tu aimes ? » et des gestes qui vont avec.

Elle se dit que l'enseignement supérieur est un tortionnaire raffiné. Comment nommer autrement cette vie monacale imposée à des jeunes en pleine sève contraints de trimer pendant des mois et des années sur des sujets dont le titre même échappe à l'entendement du commun des mortels ? Comment réfléchir sereinement, quand le corps s'enfuit ailleurs, et que la tête suit ? Mais aussi, comment se livrer à des ébats torrides quand la tête est colonisée par *Les Six Opérations de Grothendieck et le formalisme des cycles évanescents dans le monde motivique, « L'Histoire de la théorie de l'élimination* ou, déconcertant de sécheresse : *Le Mesolabum et le De Analysi*[1] ?

On y oublie jusqu'à l'existence des autres et du plaisir, le corps n'existe plus, les neurones moulinent des mots, la vie se résume à un écran pleine page devant lequel on passe des journées paradoxalement longues dans le présent et courtes lorsque approche l'échéance, on ne pense qu'à ça, on en rêve la nuit, on fait le vide autour de soi, les autres vous fuient... jusqu'à ce moment de frustration extrême où la concentration cède devant l'obsession trop longtemps contenue et où tout, absolument tout, ramène au sexe.

... *Nano-indentation en matière ultradure,* sujet de thèse de physique... « Montre-la-moi, ta matière ultradure, soupire Marine, que j'y imprime mes indentations. » Elle ferme les yeux, ouvre la bouche, imagine entre ses lèvres la matière ultradure dont elle rêve, que pour la circonstance elle a dotée de mensurations roccosiffredesques, sa langue tournoie autour, ses dents frôlent le gland, ses mains enserrent la hampe imaginaire et la poussent jusqu'au fond de sa

1. Tous ces intitulés et les suivants – sauf celui de Marine – sont d'authentiques sujets de thèses.

gorge, elle en suffoque et tremble d'excitation en déchiffrant un autre sujet de thèse : *Ruissellements avec effets de mouillage : gouttelettes sur plans inclinés.* Les yeux clos, elle visualise le large dos ruisselant de sueur des amants du quatrième, s'en lèche les babines de convoitise. La voici carrément obscène, femme fontaine, les gouttelettes ne glissent pas sur un plan incliné, elles imprègnent son siège de bureau devenu éponge et l'effet de mouillage vire à l'inondation. L'odeur du plaisir monte à ses narines, elle la respire sur ses doigts, en goûte la saveur sucrée et replonge illico là où l'entraîne l'intitulé d'une thèse d'astronomie : *Le Trou noir central de la galaxie et son environnement.*

« Allez-y, mes doigts, enfoncez-vous dans le trou noir central, ce n'est plus de l'astronomie, c'est de la spéléo ! »

Sous ses phalanges elle sent des stries humides, les agacer du bout des ongles lui arrache des soubresauts frissonnants, le pouce resté à l'extérieur explore méthodiquement l'environnement, et de quelques chiquenaudes bien ciblées fait surgir un clitoris électrisé comme rarement. « Continue, continue, n'arrête pas », les mêmes mots seule ou avec un amant, ce sont les mots du plaisir en marche, l'urgence de ne pas interrompre cette montée capricieuse qu'un rien peut perturber.

Étude des avalanches granulaires, « continue, continue », son ventre se creuse, ses paupières tombent en avalanche sur ses yeux, plus d'écran, plus d'images, que du rouge dans son cerveau concentré sur un point, un seul, qui explose au moment où il lui semblait que décidément non, elle n'y arriverait pas, que le plaisir trop longtemps contenu restait bloqué comme lorsqu'on s'est retenu trop longtemps de faire pipi... mais l'orgasme l'a prise par surprise, il s'est glissé entre deux secondes d'apaisement, a foncé comme une fusée brûlante de son ventre à sa bouche en ondulant comme un spermatozoïde en folie...

Marine s'entend rugir, ses pieds et ses jambes tétanisées poussent si fort le sol que le fauteuil de bureau part en arrière sur ses roulettes, la projetant brutalement contre l'étagère de sa chambre. Cinq livres chutent, manquant l'assommer, mais elle n'en a cure. L'instant d'après, tout se relâche, détente du corps, fraîcheur de terre mouillée par l'orage après des semaines de sécheresse, bien-être absolu. Elle pousse un immense soupir, éclate de rire :

« Waouh ! Que c'est bon, ça fait du bien ! »

Dans le séisme, des pages de sa thèse ont glissé à terre. Marine a une pensée fugitive pour Olivier qu'elle a engueulé si fort pour le même délit. Elle ramasse les pages, lit pour la millième fois son titre :

Contrôle social des déviances, du Meilleur des Mondes *au dépistage précoce des troubles du comportement.*

Marine frappe son poing droit dans sa main gauche :

« Bon Dieu, mais c'est bien sûr ! »

Elle reprend son clavier et tape d'un seul trait la conclusion :

« Le contrôle social des névrosés et futurs névrosés a un corollaire évident : la fabrication de névrosés par le contrôle social, ou comment un trop-plein de contraintes peut rendre fou. Ainsi, le contrôle de la libido des thésards induit par la discipline universitaire conduit ces derniers à se masturber frénétiquement devant des sujets de thèse dont la signification érotique échappera à tout individu libre et sexuellement épanoui. »

Point final.

Elle n'osera peut-être pas soutenir cette conclusion devant le jury, mais au moins ça soulage.

12. *Jeux de miroirs (3)*

Il l'a invitée à déjeuner. C'est un jour d'automne ensoleillé, il a mis le couvert dans le jardin d'hiver. Au téléphone, il l'a prévenue : « Pas de sexe aujourd'hui. » Il pense la frustrer. Il ignore que pour elle le sexe est secondaire tant lui-même en est obsédé. Il est tendu, inquiet. Il se méfie de ces fantasmes qui l'envahissent, il se méfie de la capacité qu'a Lola de le faire bander. Alors, périodiquement, il décide un embargo sur leurs sexes : « Ne me touche pas, nulle part ! » Même une caresse sur la nuque le fait sursauter, tant il ne sait où elle peut le mener. Il croit faire preuve d'autorité, il révèle ses faiblesses. Lola a deviné qu'il rêvait d'une femme capable d'aller avec lui au bout de ses frontières tout en priant le ciel que cette femme n'existe pas, qu'elle reste à l'état de fantasme, qu'aucune femme, jamais, ne le mette à l'épreuve face à des pulsions qu'il ne sait pas apprivoiser. Elle aime jouer des contradictions de cet homme, aime passionnément ce jeu : ouvrir une porte interdite, n'en pas mourir, et avoir envie d'ouvrir la suivante en se demandant si ce sera la dernière. Elle aime l'amener à un tel état de tension qu'il sursaute comme un brûlé lorsqu'elle lui effleure la main ou la joue, tandis qu'elle se sent de plus en plus détachée lorsqu'il l'attache.

Ils déjeunent en devisant de choses et d'autres. Adrien remplit le silence de mots rapides, il parle vite, vite, il se lève, coupe du pain, ouvre une seconde bouteille en se reprochant de boire trop pour une journée de semaine, il cherche désespérément à codifier sa vie tandis que son cerveau reptilien, comme son sexe, s'agitent et le perturbent.

Lola l'observe tout en picorant à même le plat les dernières feuilles de roquette. Elle suce voluptueusement ses doigts et les passe sur ses lèvres, silencieuse, aussi attentive aux gestes de l'homme qu'une mangouste à l'affût d'un serpent.

« Tu veux un café ? » demande Adrien.

Il lui tourne le dos deux minutes, le temps de remplir la cafetière et de la mettre à chauffer. Lorsqu'il se retourne, Lola est debout près de la table. En souriant, elle retire sa robe et dit d'un ton uni :

« Regarde ce que j'ai acheté hier, c'est joli, non ? »

Il découvre les bas, la parure de tulle noir très fin qui voile à peine ses seins nus, les liens savants qui mettent en valeur son sexe épilé sur lequel il pose la main à plat. La peau est veloutée, très douce, à coup sûr elle l'a fait ce matin juste pour lui, sans savoir si elle allait lui montrer... Cette pensée l'excite, le culot de cette fille le met en rage, les deux émotions se conjuguent pour durcir sa verge. Adrien promène la main sur le mont de Vénus, chair tendre et moelleuse, peau fragile plus blanche que partout ailleurs. Il murmure : « Tu l'as fait bien. » Son regard s'assombrit tandis qu'il détache d'elle sa main et sort sa queue. Le voici de l'autre côté du miroir, Méphisto comme elle l'aime, créatif, joueur, directif. Il lui ordonne de baisser les yeux devant lui, la fait tourner lentement sur elle-même pour exhiber ses fesses nues. La voix sourde de Méphisto murmure :

« Ton cul, quel cul tu as... »

Sa main s'abat dessus avec force, elle étouffe un cri de surprise, il ordonne :

« Pas un bruit, pas un mot, tu n'as rien à dire, c'est moi qui commande. » Chaque bout de phrase a été ponctué d'une claque vigoureuse, la peau rosit, elle le sent à la chaleur qui envahit son ventre.

« Allonge-toi par terre, face contre le sol. »

Elle le fait sans hésiter, il n'en revient pas

de son absence de peur et de sa confiance. En lui, en elle ? Lola, le nez contre le carrelage glacé, attend la suite : « Mon Dieu, faites que ce soit bien, faites que ce soit fort... »

Ce n'est qu'une formule, elle n'est pas sûre que Dieu ait vraiment sa place dans cette histoire. La voici de l'autre côté du miroir, dans le continent noir de ses désirs, troisième galaxie à gauche après le système solaire. Un jour, sous hypnose, elle s'est retrouvée dans un univers bleu nuit clouté d'étoiles où elle glissait à la vitesse de la lumière. C'était si bon qu'elle aurait voulu mourir à l'instant même dans le vertige de son apesanteur orgasmique mais on l'avait réveillée, secouée, ramenée sur une terre sans imagination. Depuis, elle cherche sa planète intime...

Méphisto s'approche d'elle, écarte les fesses de Lola. Elle frémit. Il contrôle du bout des doigts son abandon :

« Tu es déjà bien ouverte. »

Il lui demande de se mettre à quatre pattes, toujours sans le regarder. Laisse s'installer un silence. Elle perçoit tout à coup qu'il s'est éloigné, comme lorsqu'on parle au téléphone et que brusquement l'épaisseur du silence vous fait réaliser que l'interlocuteur n'est plus au bout du fil, que la communication a été coupée. La voix de Méphisto lui parvient à nouveau :

« Je suis assis dans mon fauteuil et je me branle en regardant ton cul qui espère ma

queue. Tu es belle dans l'attente, ce serait dommage de gâcher ça. »

Sa voix un peu saccadée, rythmée par le plaisir en marche, lui décrit avec des mots crus comment il aurait pu s'enfoncer entre ses fesses et comment il ne le fera pas. Il est fou de cette domination qu'elle lui offre, avec cependant la peur bleue qu'elle se relève et lui rie au nez, « mon pauvre Adrien, qui crois-tu donc être ? », bref, qu'elle casse son désir de puissance comme l'ont fait autrefois tant de proches autour de lui.

Et tandis qu'elle l'écoute, Lola se délecte d'imaginer la main d'Adrien sur sa verge, elle croit en entendre le glissement accéléré, les va-et-vient qui essoufflent la voix de l'homme. Sans impatience, elle attend le moment où il s'abandonnera.

« Viens à présent. Ouvre les yeux et viens vers moi. Mets les mains en coupe, regarde-moi dans les yeux. »

Accroupie à hauteur de la verge, Lola lève la tête et croise le regard enfiévré d'Adrien, ses yeux comme cernés, ses joues creusées par le désir. Il est beau à mourir lorsqu'il ne se contrôle plus. Il jaillit en rafales, trois sursauts qui lui font mordre ses lèvres jusqu'au sang. Vite, il se retourne, s'agenouille sur le fauteuil, cale son torse contre le dossier et de ses deux mains écarte ses globes :

« Toi, prends-moi, ouvre-moi. »

Alors, avec le sperme qu'elle a recueilli sur ses paumes, Lola adoucit le passage, l'ouvre avec précaution et glisse ses doigts un à un jusqu'à ce qu'elle sente sa main aspirée irrésistiblement vers l'univers obscur...

(à suivre)

13. 21 avril 2002

Est-ce qu'on change en trente ans ? Oui, forcément. Non, pas du tout. Première phrase de Patrick, écrite à la main et à l'encre, sur du vrai papier : « Je t'ai reconnue tout de suite, tu n'as pas changé. » Phrase de politesse, elle n'y croit pas, quoique... Deux fois déjà elle a été abordée dans la rue, on lui a dit : « Excusez-moi, vous ne seriez pas Pascale F... ? » On l'avait reconnue à un rien, un sourire, une note de voix tandis qu'elle riait avec une amie. Alors peut-être au fond que le temps, comme le lui avait joliment dit un ami, était galant avec elle : « Le temps est galant avec toi. » Ça, ça vous illumine une journée...

Patrick n'a pas joint de photo. « J'ai envie de voir si tu me reconnaîtras. » Envie osée, pari risqué. Signe de vie. Et des signes de vie, Pascale en a besoin. L'année 2001 a été dévastatrice, début de millénaire pourri. Trois amis proches, trois faire-part bordés de gris : « ... ont la très grande tristesse de vous annoncer le décès... » Samuel, quarante-trois ans, infarctus. Nicolas, quarante-deux ans, cancer foudroyant, Thierry, quarante-deux ans, accident vasculaire. C'est étrange de se dire que des hommes qu'on a serrés dans ses bras sont allongés sous terre. Glaçant de guetter les pas dans l'escalier, prête à ouvrir la porte, à sourire au regard de Thierry qui se pointe à l'improviste, un pack de bières sous le bras : « Je ne te dérange pas, ma petite Pascale ? J'ai un peu le blues ce soir... » Elle écoutait Thierry raconter son divorce calamiteux, ses enfants loin de lui, elle aimait décapsuler les canettes qu'ils buvaient à même le goulot, puis finir la soirée en câlins d'amis, baisers moelleux, caresses tendres... Thierry se laissait doucement aller au plaisir sous les yeux de Pascale, lui souriait : « C'est exactement ce dont j'avais besoin ce soir. »

C'est fini. Les pas dans l'escalier ne seront plus jamais ceux de Thierry.

Peut-être est-ce pour cela qu'elle a ouvert le site « Copains d'avant », y a déposé une vieille photo de classe : « Seconde L, 1972, Lycée de Thiers. Si on se retrouvait trente ans après ? » Elle a reçu huit réponses, dont celle de Patrick, dont elle a immédiatement reconnu l'humour décalé. Il a été le seul à lui écrire une vraie lettre : « Je ne tape qu'avec deux doigts, et je suis sûr que tu en mérites davantage. Ils sont tous à ta disposition si tu acceptes de venir les chercher. Tu les reconnaîtras facilement, ils sont toujours tachés d'encre. »

Les arbres défilent à travers la fenêtre du train, de minuscules villages apparaissent et disparaissent comme des mirages. Il gelait encore ce matin quand elle est allée voter. À présent, un soleil pâle baigne la campagne, les herbes s'égouttent sur la terre qui doit sentir bon l'humus. Pascale essaie de baisser la vitre, en vain. Le contrôleur surgit : « Ne la forcez pas, c'est verrouillé. Pour l'air conditionné. »

Au sortir de la gare, les voyageurs passent entre deux haies de parents ou d'amis qui scrutent les visages, esquissent un geste pour se faire reconnaître. Pascale n'a pas une hésitation :

« Salut, Patrick.

— Tu m'as reconnu ?

— Facile, tu es le seul à n'avoir pas bougé un cil. »

Il éclate de rire, lui prend son sac. Ils marchent à grands pas comme autrefois, quand il lui disait en riant : « C'est plus facile de te prendre en photo qu'en filature. » Patrick l'accompagnait à la piscine, la laissait à l'entrée : « Tu sais bien que je suis allergique au chlore, même sur les gradins ça me fait tousser. » Il l'embrassait : « N'oublie jamais que je t'aime, mademoiselle. » Ses lèvres se posaient sur les siennes comme par inadvertance, du bout de la langue il forçait l'entrée, en fait il ne forçait rien du tout parce qu'il suffisait que ses lèvres l'approchent pour qu'elle entrouvre la bouche. Il l'embrassait longtemps, jusqu'à ce qu'elle gémisse, qu'elle ait l'impression de ne plus tenir sur ses jambes, surprise de ce soupir et de cette langueur envahissante qui la rendait ensuite toute dolente dans l'eau. Son entraîneur grondait : « T'es en guimauve aujourd'hui, molle et nulle. »

« Finalement, c'est à cause de toi que je ne suis pas devenue championne de natation. »

Il éclate de rire, la regarde à travers sa frange de cils bruns qui a toujours énervé Pascale : « Ce n'est pas juste, pourquoi les garçons ont-ils de plus longs cils que les filles ? » Sa manie de généraliser, de théoriser sur n'importe quel détail de la vie, comme pour masquer sa fragilité...

« J'adore ! Je passe trente ans loin de la femme de ma vie et le jour où on se retrouve, elle me parle de natation ! »

Il a forci durant ces années, son visage a changé, perdant au passage sa rigueur triangulaire, ses lignes précises. Le filiforme garçon aux yeux verts et à la tignasse ébouriffée est devenu un homme sur lequel elle peine à poser les images du passé, sinon cette intimité immédiate, cette impression qu'ils recollent tout naturellement des fragments de vie, rembobinent la cassette et se retrouvent là où ils étaient :

« Femme de ta vie, n'exagérons rien. On est sorti trois mois ensemble et on n'a même pas couché.

— Ah ça, je m'en souviens ! »

Il la regarde, rêveur :

« C'était étrange de sentir en toi une telle sensualité et une telle retenue. Enfin non, pas étrange. Intense... Voilà, nous sommes arrivés dans mon château provincial. »

C'est une grande maison de village, l'entrée donne directement sur une vaste pièce avec une cheminée et une immense cuisinière de fonte. Odeur légère de cire sur des boiseries claires, fumet d'un civet longuement mijoté, de pommes de terre sautées : « J'y ai mis une pointe d'ail, j'espère que tu ne crains pas. Et du persil du jardin. » Patrick ouvre une bouteille de chanturgues, verse le vin dans des verres généreux. Deux chats tigrés viennent renifler la nouvelle arrivante. C'est un instant suspendu dans le cours de la vie, paisible. Ils parlent de leur adolescence, de leur rencontre, ils ne savent plus comment ils se sont quittés. S'étaient-ils disputés, avait-elle, avait-il rencontré quelqu'un d'autre ou leur amour s'était-il tout simplement effiloché ? Patrick sourit :

« On a dû le stocker en mémoire comme un fichier caché, en sachant qu'on le retrouverait un jour.

— Tu ne serais pas informaticien, par hasard ?

— Perdu. Je suis consultant pour des musées régionaux. Tu te souviens ? J'adorais l'histoire. »

Après le déjeuner ils marchent dans un chemin tout sec, l'hiver a manqué d'eau, l'air est doux. Pascale glisse sa main dans la poche du blouson de Patrick sans l'excuse d'avoir froid. Il l'enlace tout aussi naturellement. Elle reconnaît l'exacte sensation de sa main sur sa nuque, de ses ongles délicats qui ne peuvent s'empêcher de la faire frissonner. Ils sont silencieux, attentifs au bruit de leurs pas et aux battements de leur cœur. De temps à autre, Pascale lui jette un regard à la dérobée : il n'est pas vraiment beau, ni laid. Ni ordinaire non plus. Il y a dans sa tête tant de belles choses, tant d'intelligence et de gentillesse qu'elle ne peut y rester insensible. Son corps non plus, qui se serre progressivement contre celui de Patrick. Et celui de Patrick entend le message, il se soude à elle, fait une soudaine volte-face. Les mains de Patrick s'emparent du visage de Pascale. Tous deux se regardent droit dans les yeux tandis que Patrick approche lentement ses lèvres de la bouche entrouverte. Ils s'embrassent comme autrefois, mais cette fois-ci Pascale passe ses mains sous le blouson du garçon, soulève son pull, et part à la découverte de cette peau qu'elle ne connaît pas. Du bout des doigts elle en note chaque creux et chaque aspérité, la texture, la douceur. Lui continue de l'embrasser sans reprendre souffle, il aurait pu gagner des championnats d'apnée. Les mains de Pascale montent jusqu'en haut de la colonne vertébrale, s'agrippent quelques secondes au cou puis redescendent, glissent sous la ceinture et se plaquent sur les fesses de cet homme dont elle sent à présent le désir contre son ventre. Il lui chuchote à l'oreille :

« Suis-moi, il y a un bosquet tout près. »

Ils y vont en courant, main dans la main, et se jettent sur l'herbe, au cœur d'un bosquet d'arbres maigrichons dont les pousses printanières ne les masquent pas vraiment. Patrick retire son blouson, l'étale autant qu'il peut sur le sol. Pascale s'y allonge. Tout de suite, il veut embrasser son ventre, couvrir sa peau de baisers, goûter son nombril... Ses mains en corolle emprisonnent les seins de Pascale. Elle ferme les yeux, aime sentir la fraîcheur de sa salive. Lorsqu'il souffle dessus, un frisson durcit le bout des seins. Alors Patrick les aspire entre ses lèvres, les roule dans sa bouche, les réchauffe de sa langue et de morsures incisives. Elle gémit :

« Arrête, c'est trop bon ! »

Il lève la tête, malicieux :

« Je reconnais bien là ta rigueur judéo-chrétienne : quand c'est bon, on doit arrêter.

— Idiot ! C'est une façon de parler. Tu sais bien que les filles qui vont jouir gémissent “non, non...”

— J'en ai connu qui criaient “oui, oui, continues, tu me fais jouir...”

— Des salopes, d'infâmes séductrices ! J'espère que tu ne les as pas crues.

— Pas du tout, je baise comme un pied.

— Montre-moi, mon amour. »

Au loin, un tracteur peine à démarrer, un chien aboie. Des oiseaux de proie tournoient au sommet d'un sapin. C'est un autre monde. Patrick se redresse, fouille dans sa poche et en sort un préservatif. Pascale sourit, heureuse qu'il y ait pensé :

« Monsieur est bien outillé, si j'ose ainsi m'exprimer.

— Non, répond-il sur le même ton, Monsieur avait prémédité son crime. »

Elle regarde sa peau, attendrie par deux grains de beauté juste au-dessus de sa queue, l'observe tandis qu'il enfile la capote avec une dextérité qui la rassure : s'il le fait si bien, c'est qu'il en a l'habitude. C'est un amant, un vrai. Un qui aime assez les femmes pour se munir d'un préservatif lorsqu'il les emmène dans les chemins creux. Un qui sait faire l'amour avec humour. Elle avait oublié sa formidable capacité à la faire rire.

Il s'enfonce de quelques centimètres en elle avec une lenteur d'escargot, une suavité glissante qui lui fait murmurer :

« Madame semble apprécier... La taille lui convient-elle ?

— Je suppose qu'elle est en taille unique ?

— Vous plaisantez, mon amour, vous n'avez encore rien senti. Voici le reste, il est à vous. »

D'un coup, d'un seul, il s'enfonce jusqu'à la garde, elle le reçoit en plein ventre, le sent toucher au fond d'elle puis s'immobiliser.

Elle éclate de rire :

« Pourquoi ris-tu ?

— Pour rien, juste une pensée qui m'a traversée...

— Les Pensées de Pascale [1], belle référence. Raconte.

— Je me disais que c'est drôle et tellement jouissif, à quarante-cinq ans, de baiser en pleine nature avec un copain de lycée.

— Tu aimes ?

— Attends, mon sexe va te répondre. »

Elle se concentre, contracte ses muscles, serre, desserre, resserre... Patrick sent les mouvements autour de sa verge, il ne comprend pas le rythme étrange qu'elle donne à ses contractions, mais le résultat y est, un plaisir intense et chaud comme une masturbation interne qui l'excite et grossit son sexe. Il a du mal à respirer, articule dans un souffle :

« Il a dit quoi ?

— Succinct comme un texto : C BON. En

1. C'est avec des remarques de ce type qu'un homme fait la différence !

morse. Petites contractions : point. Contractions fortes : tiret. Tu sais que j'ai fait du scoutisme.

— J'avais oublié ce détail érotique essentiel. À moi maintenant. »

Il se met en mouvement, dressé sur ses bras pour mieux observer le visage de Pascale tendu vers le plaisir. Elle ferme les yeux, lève ses hanches à sa rencontre, remonte ses genoux le plus haut possible et se laisse emporter par le rythme qui peu à peu la fait trembler et lâcher prise. Elle se surprend à crier, entend sa voix qui exige « oui, prends-moi fort, très fort », elle tourne la tête en tous sens, griffe la terre puis s'agrippe aux épaules de l'homme, tétanisée, en soupirant son prénom. Lui l'appelle mon amour et elle n'est pas loin d'y croire.

Il a jeté son blouson taché d'herbe dans le panier à linge, mis de l'eau à chauffer. Heure du thé, de toasts grillés aux raisins qu'ils grignotent dans la bouche l'un de l'autre. Il est presque 17 heures. Ils se sont glissés tout nus sous la couette. De temps à autre, Pascale soulève le tissu, vient picorer de baisers le ventre de Patrick, jouer avec les plis qui bordent son nombril. Il la regarde faire, s'excuse :

« J'ai grossi. Je suis un peu mou aussi, je ne fais pas assez de sport.

— Si tu veux bien, je vais dire moelleux, ça goûte mieux que "mou".

— Ça goûte ! Tu parles québécois maintenant ?

— Quand ça m'arrange. Quand ta chair plantureuse d'ex-collégien famélique m'inspire une gourmandise genre chamallow, tu vois.

— Je vois. Et je me vexe.

— Tu as tort. Le chamallow est très tendance. Quand on l'enflamme, il devient croustillant en dehors et moelleux en dedans. Tu imagines comme ça peut être bon ?

— Pas vraiment, mais tu fais comme tu veux. »

Ils tournent leurs visages l'un vers l'autre, éclatent de rire :

« Qu'est-ce que c'est bon de rigoler comme ça ! »

L'horloge de la grande salle sonne cinq coups. Ils sursautent. Patrick tourne le bouton de la radio : « On va écouter les premières estimations. » Ils sont blottis l'un contre l'autre dans un lit immense, à mille lieues des agitations de la capitale, mais tous deux atterrés par ce qu'ils entendent.

Pascale est furax, comme elle l'était autrefois dans les conseils de classe, déléguée sûre qu'on pouvait changer le monde si on le voulait. Elle fulmine, elle râle, écoute les réactions des uns et des autres à la radio et les insulte comme s'ils pouvaient l'entendre :

« Putain, quels cons, on va se faire mettre profond, bien profond... »

Patrick l'observe, rieur et attendri. Elle est fraîche comme à seize ans, comme si la vie n'avait pas eu de prise sur ses enthousiasmes. Il se lève, pose à terre la théière et les tasses et se tourne vers elle :

« Mademoiselle, votre vulgarité est navrante, s'agissant d'un tel sujet. Ce langage de charretier ne se justifie que dans une circonstance, une seule... »

D'une poussée vigoureuse il la retourne à plat ventre, la fait mettre à genoux et relever les fesses vers lui. Puis il se poste derrière elle, toute vigueur retrouvée et la saisit aux hanches en articulant posément :

« Allez viens, je vais te la mettre profond, bien profond, ça te consolera des jours à venir. »

14. Leurs salles de bains

« Veux-tu prendre une douche ? »

Phrase la plus intime de l'amour. On a pu s'embrasser, se lécher, explorer tous ses secrets et tous ses orifices, on préserve son intimité tant qu'on préfère se doucher chez soi, retrouver ses habitudes, ses robinets familiers, ses serviettes personnelles dans lesquelles nul autre que soi ne s'enveloppe.

Leurs salles de bains révèlent tant d'eux-mêmes...

Leurs négligences : « Attention, la douche fuit à l'entrée de la pomme. » Leur féminité, dans la multitude des gels douche aux fragrances de vanille ou de miel, de fleurs d'hibiscus là où l'on s'attendait à des senteurs boisées. Leurs manies, à la façon dont ils rangent ou ne rangent pas cet antre.

Découvrir sur leurs étagères les shampoings pour cheveux très fins ou colorés, les traitements antirides et les gels autobronzants discrètement dissimulés derrière leurs médicaments de base, eux aussi ont leurs fragilités et leurs obsessions hypocondriaques.

Retrouver chez des hommes différents les mêmes produits de soins peu connus, les mêmes flacons d'huiles essentielles rares, et comprendre que l'attirance pour l'un ou pour l'autre, pour l'un et pour l'autre, ne doit rien au hasard.

Remarquer trois brosses à dents dans un verre, des produits de maquillage récents ou périmés et en déduire d'autres vies, familiale, amoureuse, territoires d'autres femmes installées là comme à demeure. Le célibataire endurci ne l'est pas tant que ça...

Certains transforment leur salle de bains en impeccable show-room où les piles de serviettes, comme l'harmonie des couleurs entre étagères, linge de toilette et ustensiles divers racontent l'importance qu'ils donnent à leur corps et une part de leur sensualité. Ceux-là aiment qu'on les surprenne au bain, qu'on penche la tête sur leur corps alangui dans la mousse, que nos mains se perdent sous l'eau, saisissent leurs bites comme un narguilé érotique à savourer à l'exacte température du bain, 33°, qu'on les goûte longuement tandis qu'ils ferment les yeux et écartent les cuisses pour nous laisser glisser un ou plusieurs doigts savonneux en eux, qu'on les apaise de caresses pendant qu'ils éjaculent dans l'eau et regardent les gouttes de leur plaisir se mêler à la mousse de surface qui peu à peu finit de se diluer. Car ces voluptueux-là, bien sûr, s'attardent dans la baignoire jusqu'à ce que leur peau frise.

Il est des salles de bains austères, réduites au minimum : une savonnette, un shampoing. Souvent le flacon est presque vide, retourné sur son bouchon pour récupérer les ultimes gouttes. C'est une pièce à tout faire, sauf l'amour, un bazar incroyable : litière du chat, bâtons de ski, emballages d'ordinateurs, magazines périmés... où surnage parfois, insolite, la fragrance d'une eau de toilette de marque, seul luxe de cette virile frugalité. Ces hommes-là ne vous tendent pas au sortir de la douche une serviette propre soigneusement sortie d'une pile impeccable. Depuis la cuisine, ils vous crient de prendre la leur, ou leur peignoir : « Oui, le bleu, celui qui est suspendu à la porte... » Et de vous vautrer dans l'étoffe qui a touché leur dos, leur ventre, leur sexe et leurs fesses tandis que vous-même frottez votre dos, votre ventre, votre sexe et vos fesses, c'est comme si vous mêliez vos deux intimités, pénétriez un fragment inconnu de leur vie, celle qu'ils mènent lorsque vous partez.

Et puis il y a parfois au-dessus de la baignoire un fil, sur lequel sèche une robe de fillette ou un tee-shirt taille douze ans. Ces salles de bains-là parlent de la solitude des pères divorcés qui d'un week-end à l'autre, d'une vacance à l'autre, s'essaient à être de bons pères, des pères-mères câlins, sévères, ils ne savent plus trop. Cette solitude que ne comble aucun plaisir de femme, aucun nouvel amour.

Depuis longtemps ils savent que ceux-ci peuvent exploser en vol comme une bulle de savon, laissant le père esseulé collectionner le moindre dessin d'enfant et pleurer parfois en sortant de la machine à laver le tee-shirt taille douze ans. Pleurer, seul, dans sa salle de bains.

15. Boîte à outils

Les néons éclairent crûment des rangées de godes en latex rose dont certains se proclament « hyper realistic », avec des veines en relief et un gland que Marine qualifierait volontiers de turgescent si l'adjectif n'était pas déjà si galvaudé. Sur le carrelage blanc sale, les cartons s'entassent, elle les ouvre d'un preste coup de cutter et sort les boîtes de cellophane, qu'elle aligne rapidement sur les étagères. Les derniers vibromasseurs cumulent moult fonctions : cinq vitesses, commande séparée pour le pénis et le stimulateur clitoridien, mouvements de va-et-vient et d'ondulation successifs ou simultanés, et même, pour deux d'entre eux, un système de chauffage à piles qui donne à la silicone une tiédeur proche de celle de la peau. Depuis quelques années, la silicone est le matériau roi, sa texture à la fois souple et ferme évoque à s'y méprendre celle d'un sexe en érection. En cette fin de matinée, quelques rares clients parcourent les allées en frôlant du regard les objets qui les tentent. Ils rejoignent très vite le fond du magasin, celui des cassettes vidéo, tentent en quelques coups d'œil sur les jaquettes de s'en mettre plein la vue et la braguette. On reconnaît les plus sensibles à leur façon de s'arrêter brusquement face à une image, bien campés sur leurs jambes, la main droite enfoncée dans leur poche de pantalon. Branlette discrète. C'est là qu'ils émeuvent Marine, dans cette quête éperdue d'un peu de sensations.

Aucune cliente ce matin. Les filles viennent plutôt le week-end. Le samedi après-midi, entre copines, elles essayent des lingeries coquines en se déhanchant devant le miroir de la cabine, ou gloussent d'effroi devant les godes géants et les plugs d'un diamètre hallucinant, embouts coniques lisses ou annelés qu'elles regardent sans y croire en concluant d'un ton péremptoire qu'il faut être bien malade pour s'enfiler des trucs pareils. Elles reviennent le dimanche en couple pour se faire offrir de minuscules vibromasseurs en forme de rouge à lèvres ou de mini-épis de maïs, dont la taille ne risque pas de faire ombrage au sexe de leur copain. Elles ne disent d'ailleurs pas vibros, et encore moins godes, mais sex toys ou jouets intimes. Ça leur semble moins vulgaire, plus branché, déculpabilisant.

Les filles ont toujours peur que leur désir soit vulgaire, alors elles l'habillent de mots pas très beaux mais convenables.

Elles n'hésitent pas à confier à des animatrices radio leur souhait de « connaître l'orgasme » ou de « trouver leur point G » mais s'offusqueraient qu'on leur propose tout simplement de jouir ou de se faire doigter. Elles n'imaginent pas le plaisir de l'animalité lorsque la bête en soi réveille des pulsions d'enfance, des sensations d'un temps où tout était permis sans se sentir coupable, au nom du jeu et de la découverte [1].

À force de se baisser, de fouiller dans les cartons, de se hisser sur la pointe des pieds pour atteindre les étagères les plus hautes, Marine a mal au dos, mal à la tête et trop chaud. La chaudière est déréglée, atmosphère torride dans le magasin, et pourtant froide, si froide... Rien à voir avec la droguerie/quincaillerie de ses parents quelque part en Haute-Loire, une boutique où l'on trouvait tout et n'importe quoi, un bazar surchargé où elle avait appris à marcher entre les brouettes de fer-blanc et les pots de peinture et connu ses premiers émois dans les yeux bleus du jeune peintre en bâtiment qui venait s'approvisionner là.

Elle se souvient d'une nuit d'été troublante

1. Hélas, aujourd'hui, on traite de pervers les jeux de mains des gamins, avec des arrière-pensées d'adultes...

comme un rêve sans frontières. C'était un samedi, juste à la fermeture. Il avait fait chaud toute la journée comme il peut faire chaud en juillet en Auvergne. Un air lourd chargé d'humidité, annonciateur d'orages pour la nuit. Les parents de Marine étaient partis vers 17 heures rendre visite à une vieille tante à héritage, ils avaient laissé la boutique à Marine, lui avaient recommandé de bien tout fermer, penser à baisser le rideau de fer, ils étaient obsédés par les cambriolages alors qu'en vingt ans pas un habitant ne les avait escroqués d'un seul clou. Ils lui avaient recommandé de se coucher tôt, de finir le samedi les restes du frigo et d'aller déjeuner le dimanche chez sa cousine : « Tu prendras ton vélo, ce n'est pas bien loin. » Marine avait promis, elle ne souhaitait qu'une chose : rester seule, tranquille, sans la voix inquiète de son père qui paniquait dès qu'elle disparaissait de son champ de vision. Malchance d'être fille unique, on cristallise trop d'angoisses...

Dans la boutique déserte qui sentait la limaille de fer et le ciment frais, Marine savourait le silence en lisant un roman. De temps à autre, elle arrêtait sa lecture, ses yeux erraient au plafond où étaient suspendues de lourdes roues pleines de cordelettes, de chaînes et de fil de fer de calibres divers vendus au mètre. L'extrémité des chaînes pendaient nonchalamment, il suffisait de les effleurer pour qu'elles cliquettent. Souvent, c'est ce cliquètement provoqué par le moindre courant d'air qui avertissait Marine de l'entrée d'un client.

Un mouvement d'air, un cliquetis lui firent lever les yeux de son livre. Elle perçut plus qu'elle n'entendit le pas léger, feutré, d'un homme. Elle reconnut Damien et son cœur tressauta. Il était vêtu de sa combinaison de peintre qui le moulait de près, le tissu blanc était ponctué de taches de couleur sentant bon l'essence de térébenthine. Marine aimait cette odeur parce qu'elle était celle de Damien, l'odeur de son corps lorsqu'elle était allée le voir sur un chantier pour lui apporter des pinceaux et qu'il lui avait volé un chaste baiser, lèvres à peine frôlées, mais baiser tout de même. Ainsi elle lui plaisait autant qu'il la troublait !!!

Elle était rentrée chez elle en sautillant sur le chemin et en chantonnant « Je le veux ! Je le veux ! Je le veux ! » sans douter un seul instant qu'il pût en être autrement.

« Bonsoir, tu as besoin de quelque chose ?

— Oui, je voudrais du trichlo et des brosses plates de vingt centimètres. »

Marine lui fit répéter la phrase rien que pour regarder bouger ses lèvres lorsqu'il parlait. Il avait une bouche charnue qu'elle mourait d'envie de mordre. Elle lui demanda de grimper sur l'escabeau pour atteindre l'étagère des solvants : « J'ai le vertige sur la dernière marche. » Lorsqu'il fut en haut de l'échelle, Marine éteignit la lumière. Il ne subsistait qu'un peu de clarté venue du dehors, qu'elle effaça d'un geste en appuyant sur l'interrupteur du volet roulant. Damien entendit le lent déroulement métallique, vit la boutique s'assombrir, se retrouva dans le noir.

« Qu'est-ce que tu fais ? Qu'est-ce qui te prend ? »

Elle ne répondit pas. À tâtons, le garçon descendit lentement les marches, il ne voulait pas tomber et se ridiculiser. Arrivé en bas, il sentit deux mains se poser sur sa poitrine, un doigt descendre la fermeture de sa combinaison de peintre, il sentit qu'on le déshabillait, il se laissa faire, enjamba même spontanément le bas de la combi lorsqu'elle tomba à ses pieds. Il se retrouva en slip, pas bien longtemps. Des deux mains Marine en avait agrippé l'élastique et l'avait fait glisser le long des jambes du garçon. En s'accroupissant, elle balaya de ses cheveux les cuisses de Damien, le contact de ses poils sur sa joue la fit frissonner. Lui restait muet, n'esquissait pas un geste. Il se laissait guider, c'était une sensation inédite. Il ne se disait pas « c'est une sensation inédite », il ne se disait rien, il retenait son souffle, entre surprise et appréhension. Cette Marine qui l'entraînait nu au milieu du magasin, le calait contre le pilier de la charpente, lui mettait les mains dans le dos, il ne la reconnaissait pas.

Il l'entendit dérouler la chaîne, sentit les maillons glacés sur ses poignets. En un clin d'œil il fut immobilisé, mains liées, jambes et chevilles entravées. Marine lui souffla à l'oreille :

« Ce soir, j'ai envie de jouer avec toi. Il y a ici tout ce qu'il faut. »

Elle choisit dans un casier une brosse métallique très douce, celle qu'on vendait aux ébénistes pour polir le vernis. Elle effleura doucement le dos de Damien avec, glissa sur ses fesses, entre ses cuisses, caressa rapidement ses couilles. Puis elle ouvrit un grand tiroir et en sortit deux pinceaux fins à poils mi-durs. Avec le premier, elle fit de brefs mouvements de peintre impressionniste, par petites touches précises sur les boules et la bite, qui commença à se redresser. Avec le second, elle peignit l'anus, du centre vers l'extérieur, rayon par rayon, strie par strie, la rosette brune frémissait sous la caresse des poils et quand elle fut bien détendue, Marine y rangea le pinceau en enfonçant doucement le manche dans le cul qui ne demandait que cela. Damien eut un peu honte de la formidable érection qui s'ensuivit, l'instant d'après il dégustait sa honte comme une liqueur vénéneuse mais si exquise qu'il en redemandait. Marine troqua le fin pinceau contre un autre plus gros, puis opta pour le manche joufflu d'un étroit rouleau vendu pour peindre les radiateurs, rouleau qu'elle fit tourner du bout des doigts, imprimant au manche fiché dans le cul une vibration que le garçon, visiblement, adora. Peu à peu ses yeux s'étaient accoutumés à l'obscurité, mais Marine enrageait de ne pas voir suffisamment l'expression de Damien tandis qu'il gémissait doucement.

Dehors, un éclair crépita, suivi d'un grondement de tonnerre. L'orage approchait, les habitants du village devaient être calfeutrés chez eux. Marine et Damien avaient l'impression d'être hors du monde, hors temps, dans un espace libre où tout était permis. Marine délia le jeune homme, retira les pinceaux, l'emmena par la main jusqu'au fond du magasin, près du tréteau où son père découpait le bois à la demande. Tandis que Damien s'étendait docilement sur la planche un peu rugueuse, comme Marine le lui avait demandé, celle-ci ouvrit le tiroir où son père rangeait les bougies et les allumettes, articles « à ne pas laisser à la portée des enfants ». Elle alluma deux chandelles blanches et les apporta près du garçon dont elle contempla le visage à la fois attentif et émerveillé, le sexe dressé dans la pénombre comme un mât de bois clair. Ce faisant, elle inclina trop la bougie, et quelques gouttes de cire chaude tombèrent sur le torse du jeune homme qui étouffa un cri : « Attention, ne me brûle pas. » Mais elle ne l'avait pas brûlé, la cire était tombée d'assez haut pour avoir le temps de tiédir et il en avait juste senti l'exquise chaleur, puis la tension sur sa peau lorsqu'elle s'était figée.

Oui, il avait aimé. Alors elle le lui refit, dessinant sur son torse un entrelacs de gouttes et de traînées blanches, de fleurs qui durcirent sur son ventre et le firent bander plus fort. Elle lui ordonna : « Regarde-moi », tandis qu'elle se déshabillait. Damien n'avait encore jamais vu Marine nue, il crut mourir de désir lorsqu'il aperçut ses seins, son ventre et son triangle touffu qu'elle cacha des deux mains en murmurant : « Ça se mérite ! » Puis, le défiant du regard :

« Attrape-moi si tu peux... »

D'un bond il se leva ; plus prompte, elle s'était cachée dans une allée de la boutique, elle connaissait par cœur l'organisation des rayons, elle passait des clous aux ampoules électriques, des boîtes de peinture aux produits ménagers sans hésiter tandis qu'à tâtons il avançait, à peine guidé par la lueur de la bougie qu'elle avait gardée à la main. Partie de cache-cache excitante comme une chasse au clair de lune, mais la biche savait exactement où elle voulait mener son chasseur. Elle s'arrêta, essoufflée, versa sur sa poitrine le quart d'un flacon d'huile de lin, et lorsque le garçon la rejoignit enfin, elle se plaqua contre son corps, luisante et douce, arracha les débris de bougies pour découvrir sa peau lisse sur laquelle elle se frotta, ondulant de la croupe et des hanches, collant son pubis à sa verge jusqu'à ce qu'il soit lui-même totalement huilé. Il essayait de la saisir mais elle glissait entre ses doigts et c'était insupportable de volupté, cette sensation de l'avoir à portée de mains et de ne pas arriver à l'immobiliser. Fou d'excitation, il leva les yeux au ciel et aperçut l'immense bobine garnie de cordon à rideaux. En quelques secondes, il en tira plusieurs mètres et retrouva ses réflexes de marin voileux. Les nœuds n'avaient pas de secrets pour lui, il ligota Marine qui se trouva prise à son propre piège... comme elle l'avait souhaité. Elle lui souffla à l'oreille qu'il devait la punir, comme une méchante petite fille qui se conduisait mal. Il ne comprit pas tout de suite, alors elle lui désigna du menton le crochet où pendaient les martinets que son père vendait pour moins de trente francs aux mères de famille excédées. Elle-même, petite, avait plusieurs fois goûté la brûlure des lanières de cuir, quand un bulletin de notes venait révéler à ses parents qu'elle passait plus de temps à l'école buissonnière qu'en classe. Elle en gardait un souvenir étonnant, la peur de la correction se mêlant à l'excitation de se voir jetée sur les genoux paternels, jupe relevée, et d'attendre, le cœur battant, que le chef de famille décide d'une voix sévère le nombre de coups que méritaient ses incartades.

Damien aussi avait connu le martinet, il venait d'une famille de dix enfants où l'on empruntait souvent ce raccourci pour faire taire la marmaille. Il retrouva d'instinct le geste de renverser Marine sur ses genoux, caressa ses fesses fraîches d'une main délicate avant de lui asséner quelques coups légers qui rosirent à peine sa peau. C'est elle qui souffla « plus fort ». Elle en voulait plus, alors il la balança sur son épaule comme un sac de ciment, la posa sur un établi métallique dont elle sentit la froideur glacée sur son ventre, et il lui donna ce qu'elle attendait, une correction juste dosée pour la faire gémir de plaisir et la rendre si humide qu'il put lui enfoncer d'un seul coup sa verge raide qui n'en pouvait plus. Il était temps, il aurait fini par jouir sur le sol de la quincaillerie...

Damien détacha Marine, l'embrassa doucement sur les lèvres. Elle mordit sa bouche, goûta la saveur de sa salive. Main dans la main, ils parcoururent les secrets de la boutique. Ils s'amusèrent des anneaux de rideaux que Damien enfila sur sa bite, la transformant en serpent annelé, dur et brillant, que Marine surnomma aussitôt Sperminator. Au rayon plomberie, les tuyaux de plastique de diamètres variés valaient tous les godemichés du monde. Marine les essaya tous, du tube le plus fin au tuyau le plus large, conduit d'évier ou de lavabo grâce auquel Damien put regarder jusqu'au fond d'elle. Puis il colla sa bouche à l'extrémité du conduit et y souffla un son grave, un air lancinant, modulé comme s'il jouait du didgeridoo. La vibration sonore emplit le ventre de Marine qui jouit sans que le garçon l'ait touchée. Elle-même découvrit qu'une clé à pipe porte bien mal son nom mais peut servir à d'autres usages pénétrants, que la silicone liquide destinée à lubrifier les dérailleurs de vélo ouvre à des sports de glisse autrement plus profonds... Bref, du gant de bricolage en fin latex jusqu'aux serre-joints, en passant par les pinces crocodile capables de mordre voluptueusement ses seins, ou le film plastique – d'ordinaire vendu aux pressings pour emballer le linge propre – dont elle emprisonna bien serré Damien, ne laissant à nu que sa verge devant laquelle elle s'agenouilla, la quincaillerie paternelle s'était transformée en antre du plaisir où l'imagination remplaçait avantageusement le côté « hyper realistic » des godes de sex-shop. Damien et Marine s'amusèrent jusqu'à l'aube à se prendre de mille façons, tandis que les lourdes gouttes de pluie sur le toit battaient un tempo hypnotique.

Hélas, les villages se meurent et les petits commerces disparaissent. La droguerie/quincaillerie auvergnate a fermé ses portes depuis des années. On achète aujourd'hui ses clous au Bricorama implanté dans une triste zone industrielle, où il n'est pas question de s'enfermer les soirs d'orage pour s'acoquiner avec les vendeuses, devenues agents de caisse tenues au rendement : « Bonjour, sourire, merci, au revoir » tandis que défilent sur le tapis roulant des outils sous blister dont personne n'imagine plus le potentiel érotique.

16. *Jeux de miroirs (4)*

Il arpente une rue sombre dans un quartier chaud, juché sur des talons, serré dans une jupe trop étroite, méconnaissable sous son maquillage et la capeline qui ombre son visage, masquant ses derniers signes de virilité.

C'est un Maître qui a conseillé Lola :

« Adrien est un soumis, c'est pour cela qu'il veut vous dominer, pour cela qu'il veut vous fouetter. Il cherche vos limites et ne les trouve pas, lui a déjà les siennes. Repoussez ses limites, amenez-le au bout de ce qu'il est capable de supporter et vous en ferez un homme libre.

— Mais pourquoi lui faire mal ? Quel plaisir dans la douleur ? »

Le Maître a un visage familier, celui d'un acteur de cinéma ou d'une vedette de la télévision, un visage en tout cas qu'on est sûr d'avoir déjà rencontré. Des manières exquises :

il sait raconter le pire avec élégance. De la France entière on vient lui demander conseil, rien ne l'étonne. Il a tout vu, tout entendu : des hommes bardés d'électrodes sur les parties génitales, des femmes attachées à des instruments moyenâgeux, des monceaux de corps enchevêtrés dans une délirante orgie où l'on ne sait plus s'il s'agit de plaisir ou de performance extrême. Le Maître ne juge pas, ne recommande rien, il se contente de constater la bizarrerie de ses contemporains et d'en analyser les causes. À Lola, il dédie un sourire chaleureux qui le rend soudain presque sympathique :

« Madame, la douleur des hommes n'approchera jamais le mystère des femmes, capables de saigner chaque mois sans avoir mal et de sortir une tête d'enfant par leur vagin. Allez vous étonner que des hommes s'introduisent n'importe quoi dans le fondement et essaient désespérément de l'élargir, ils ne gagneront jamais à ce jeu-là. »

Alors voilà. Tu dois te sentir femme, Adrien, pour éprouver la menace subie par une femme dans une rue nocturne, comprendre leur formidable instinct de survie dans cette jungle et y trouver ta force. Conseil d'expert, d'autres suivront, le Maître l'a promis.

Adrien marche avec précaution, il se tord les chevilles sur les pavés disjoints, entend dans ses oreilles les ordres de Lola :

« Entre dans l'impasse à droite, jusqu'au fond, ne te retourne pas. »

Elle l'a muni d'écouteurs sans fil.

C'est une ruelle sombre qui ne sent pas très bon, l'odeur donne au lieu un aspect sordide. Oser, il doit oser, cesser de rêver d'intenses aventures pour reculer dès que le rêve menace de devenir réalité. Cesser de s'abuser sur sa force en maniant de ridicules martinets que Lola *réclame parce que... « même pas peur ». Cesser de vouloir lui faire peur, la force est dans la douceur et non pas dans la dureté, où a-t-il entendu cette phrase, déjà ? Il ne s'est jamais offert de douceur, tendu, toujours, par la crainte d'échouer, d'être dévoilé, de se dévoiler faible. On ne lui a pas non plus donné beaucoup de douceur, alors il ne sait pas bien faire...*

Il va atteindre le fond de l'impasse sans encombre, tout heureux de pouvoir faire bientôt demi-tour et revenir au monde éclairé quand tout à coup, surgies d'on ne sait où, des ombres se précipitent derrière lui et le maîtrisent en un clin d'œil. On lui enfonce une cagoule sur la tête, plusieurs bras le maintiennent, il ne voit plus rien, tente en vain de se débattre quand il sent qu'on lui remonte la jupe, qu'une main dure et nerveuse s'insinue entre ses cuisses et se plaque dans l'entrejambe. Il est honteux quand il entend une voix ricaner :

« Mais c'est qu'il aime ça le salaud, il bande ! »

Oui, il bande fort et son cœur en chamade attend ce qui va venir, car ces hommes – ils sont au moins trois – vont à coup sûr le violer... Ses nuits d'adolescent peuplées de rêves glauques où dans des coupe-gorge mal famés des hommes s'emparaient du jeune homme qu'il était lui reviennent en mémoire. Comment Lola a-t-elle deviné ?

Il attend, dans un silence lourd. Le boulevard principal est pourtant tout proche, mais il n'entend plus une voiture. L'angoisse rendrait-elle sourd ? Il attend, et rien ne se passe, si ce n'est la sensation triomphale qui l'envahit peu à peu, jubilation d'avoir osé jouer un jeu dangereux sans vouloir tout décider, tout baliser, tout sécuriser. Jubilation d'avoir osé lui faire confiance et de garder son calme.

Il attend, et il sent que les bras se desserrent, qu'on ne le contraint plus. Des mains douces lui retirent la cagoule et caressent son dos. La voix de Lola souffle à son oreille : « Le jeu est fini pour aujourd'hui. Au prochain... »

(à suivre)

17. La saveur de l'oursin

Assis sur le sable, Rudolf contemple le ferry qui manœuvre dans la baie. Sirène, deux coups, vacarme de la chaîne d'ancre, l'arrière du navire s'abaisse doucement jusqu'à la seconde où il embrasse la terre et devient passerelle. Six fois en vingt-quatre heures Rudolf a observé ce rituel, cinq fois depuis le départ de sa femme.

Ces vacances, c'était une idée de ses parents, de sa mère à lui :

« Rudolf, après douze ans de mariage, c'est normal d'avoir des problèmes. Ton père et moi allons garder les enfants et tu vas partir une semaine en Grèce avec Helena, en amoureux. »

Mais voilà : partir en amoureux quand on est amoureux est une merveille. Dans un couple en crise, c'est l'enfer, le remède empoisonné que distillent les parents, les amis et les magazines, huis clos terrifiant où le moindre mot, le moindre geste est aussitôt interprété. Le drame des femmes en crise : chercher le sens caché du moindre mot, du moindre geste, jusqu'au moment où elles n'interprètent plus, où elles décident en une seconde : « Il vaut mieux que je m'en aille. » Elles sont capables de ça...

Rudolf n'a pas eu le temps de protester, encore moins celui de réaliser, Helena avait bouclé son sac et pris son ticket de ferry. Depuis trois jours elle connaissait tous les horaires et n'en avait soufflé mot.

Au loin, sur la passerelle, s'étire une ligne de touristes hauts comme des fourmis. D'un geste machinal, Rudolf caresse ses palmes tiédies par le soleil. Il va nager, photographier les fonds et rapporter aux enfants de belles images et des coquillages qui leur feront croire encore au bonheur.

Il se lève, s'étire. Une femme le suit des yeux tandis qu'il marche lentement vers le rivage. Il a, vu de dos, la cambrure des statues qu'elle a caressées hier au musée, tandis que le gardien regardait au-dehors... La femme se lève à son tour et plonge à dix mètres de l'homme. Plusieurs fois ils se croiseront sous l'eau sans se voir, silhouettes bleues floues allongées par les palmes, glissant au-dessus des prairies de posidonies.

Rudolf, après le bain, somnole au soleil tandis que le sel tire sa peau, lui donnant l'impression de se statufier peu à peu. La femme sort de l'eau, traînant derrière elle un filet qu'elle hisse sur un rocher. Elle retire son masque et son tuba, essuie son visage. Accroupie, elle tire du filet jaune des boules noires qu'elle semble manier avec moult précautions. Intrigué, Rudolf s'approche : « Excuse me... » Elle lève la tête, lui répond avec un accent aussi imparfait que le sien. Il apprend qu'elle a cueilli des oursins, elle les ouvre, les rince dans une vague et en déguste la chair, cinq lamelles orange et tendres, qu'elle détache d'un revers d'ongle :

« Do you want to taste[1] ? »

Rudolf hésite, s'approche, puis aspire l'étrange chose qu'il broie d'un coup de langue en onctueuse crème à la saveur sucrée/iodée qui l'étonne et le séduit. Il s'enhardit :

« May I try[2] ? »

La femme lui prête ses ciseaux, guette du coin de l'œil comment il va s'y prendre. Va-t-il serrer trop fort et se larder la paume de piquants ? Non, il s'y prend plutôt bien, il a des mains fines, de longs doigts délicats. Elle le félicite :

« Your first sea urchin ! We have to drink[3] ! »

Rudolf est OK, la vie lui semble soudain moins compliquée. Dans son anglais hésitant, il raconte qu'il est seul en vacances parce que sa

1. Vous voulez goûter ?
2. Je peux essayer ?
3. Votre premier oursin ! Ça s'arrose !

femme travaille, qu'ils ont trois enfants... Il s'enferre, il veut se justifier, quand soudain la femme lui lance :

« Vous savez ce qu'on mange dans l'oursin ? Ce sont les gonades. »

Elle ne dit pas gonades mais quelque chose comme « sexual organs », et ajoute que cette saveur sexuelle explique peut-être que ce soit si bon, si revigorant. Rudolf éclate de rire : jamais, dans sa Slovénie natale, une femme ne lui dirait après dix minutes à peine qu'il est délicieux de dévorer le sexe d'un animal. Il lèche ses lèvres, y retrouve cette saveur marine qui perdure longtemps. La femme se lève : « I must go. » Ils se retrouveront pour dîner dans une taverne au bout du port.

En moins d'une heure, il lui a tout raconté : son mariage, ses enfants, Helena qui s'éloigne de lui, son envie de la reconquérir et l'envie parallèle de vivre autre chose :

« S'il n'y avait pas les enfants, ce serait peut-être sans elle. »

Helena a trente-huit ans, elle approche des quarantièmes rugissants, Rudolf le sent, il est désemparé :

« Pour un homme, dit-il, c'est insupportable de ne pas comprendre ce qui se passe dans la tête de sa femme. »

À la limite, il préférerait qu'elle connaisse un autre homme plutôt que ses évasions rêveuses dans un monde qu'elle lui ferme... La femme l'écoute, sourit, dit quelques mots paisibles. Rudolf vide son verre, le remplit, le vide à nouveau. Une douce euphorie l'envahit. L'air est d'une douceur à pleurer, la lune pâle comme une pastille de menthe, la musique grecque festive et non plus lancinante comme le prétendait Helena qui n'aime que l'opéra. Même le poulet grillé – kotopoulo – un peu sec, un peu cramé, lui semble délectable.

« Vous savez, c'est nouveau pour moi... »

Elle lève un sourcil : « Qu'est-ce qui est nouveau ?

— Cela. Être là, comme ça, dîner en tête à tête avec une femme qui n'est pas la mienne. Ça ne m'est pas arrivé depuis... douze ans, treize ans. »

Le serveur apporte la note, un bout de papier minuscule qui s'envole avec le vent. Rudolf le rattrape, le déplie, tend deux billets. La femme proteste, elle veut partager. Il tranche :

« Vous m'inviterez demain. »

Il la raccompagne jusqu'à son hôtel. Ils sont tout près l'un de l'autre, sans même la toucher, Rudolf sent la chaleur qui irradie d'elle :

« See you tomorrow [1]. »

Il la regarde s'éloigner, trouve délicieux d'entendre dire « See you tomorrow » par une femme rencontrée quelques heures plus tôt.

1. À demain.

De loin, Rudolf l'aperçoit, allongée nue sur un grand rocher plat, les yeux fermés. Il s'approche, dépose délicatement sur le bout de ses seins des lamelles d'oursin qu'il vient de pêcher. La femme ne bouge pas, n'a pas un sursaut. Elle respire calmement. Rudolf se penche sur elle, prend entre ses lèvres le bout de sein et le bout d'oursin dont les textures se marient divinement bien. Il savoure un sein, puis l'autre, si sûr de lui qu'il ne craint pas de lui murmurer à l'oreille :

« Tu as raison, ça a le goût d'un sexe de femme. »

Elle sourit, passe sa langue sur ses lèvres. Enhardi, Rudolf descend le long du ventre brun en léchant doucement les grains de sel que la mer a laissés sur la peau, comme autant de petits cailloux blancs qui le mènent irrésistiblement entre les cuisses entrouvertes. Il s'arrime aux hanches, plonge la tête dans la fente entrouverte et suce, aspire, goulu et frénétique comme si sa vie dépendait de ce qu'il dévore là, de ce goût iodé qui le fait bander comme le jeune homme qu'il fut. La femme gémit, ses lèvres s'entrouvrent à leur tour, Rudolf remonte vers elles, y pose les siennes : « Tiens goûte, goûte-toi. » Leurs langues se mêlent, leurs dents s'entrechoquent, Rudolf plaque son ventre contre le ventre de la femme que le soleil a embrasé, sa bite enserrée dans cet écrin brûlant roule à droite, puis à gauche, il appuie du plus fort qu'il peut, continue à rouler d'un bord à l'autre, bref il se frotte comme il se frottait adolescent aux filles qu'il ne fallait surtout pas engrosser. Comme autrefois, il sent le plaisir monter en lui, frémir ses boules grosses et dures, trembler sa verge parcourue d'ondes violentes, ses fesses tressautent en rythme tandis qu'il respire de plus en plus fort...

Il jouit en criant. Son cri le réveille en sursaut. Il se retrouve à plat ventre dans son lit, la main refermée sur son sexe. Sous lui, les draps sont poisseux, une odeur acidulée emplit la chambre d'hôtel. Rudolf éclate de rire. Cela aussi, c'est nouveau : jouir comme un gamin par la seule grâce d'un rêve, il y avait bien longtemps... Quinze ans, vingt ans peut-être...

Il remonte sa main, la porte à ses narines. Sous l'odeur du sperme subsiste un souvenir d'oursin, comme les effluves estompés du plaisir d'une femme.

18. Leurs queues

Certes, je pourrais dire « sexe », d'une neutralité bienveillante, « bite » ou « tige » d'accès facile, « verge » ou « phallus » assez classe, ou « zob » et « teub », plus facétieux. Ou encore dard, braquemart, pine, mandrin... il y en a deux pages au moins dans le dictionnaire des synonymes.

Mais dire queue, c'est autre chose. C'est apprivoiser le sexe du diable, cet appendice caudal dépassant du long manteau de Lucifer venu sur terre séduire les jeunes filles, et qui souvent trahissait son incognito.

Femme qui passe, queue qui dépasse...

Car sans femme ni pensée lascive, la queue n'existe pas. Que ce soit noble pensée : « Ô ma femme adorée, passion de mon cœur, rêve de ma vie, je veux te faire l'amour. »

Ou pensée triviale traversant le cerveau de l'homme qui marche dans la rue derrière une jolie fille :

« Jolies jambes, beau cul. »

Plaisir d'observer les hommes au ras de la ceinture pour voir à quoi ils pensent. Il suffit d'ailleurs de les observer au ras de la ceinture pour qu'ils y pensent.

Plaisir de devenir magicienne quand d'un seul regard on éveille la queue et lui fait emplir l'espace.

Sa queue matérialisée trouble le regard de l'homme et fait vaciller sa voix. Il jubile de la sentir vivante, est confus de ne pas la maîtriser, redoute le jour où elle ne s'érigera plus si aisément.

Alors, d'un doigt, défaire le bouton du jean trop serré, caresser le tissu pour le plaisir de le voir se tendre un peu plus, sentir la palpitation intérieure, parcourir plusieurs fois la zone frontière du ventre au-delà de laquelle on pénètre sous la ceinture, no man's land entre désir et plaisir. Défaire un second, puis un troisième bouton, passer deux doigts dans l'espace ainsi libéré, pénétrer le territoire des poils ou de la peau épilée selon l'âge du capitaine et son style de libido – je plaisante, c'est l'émotion – et frôler enfin le sommet délicat de la queue, si sensible qu'il suffit de l'effleurer pour que l'homme frémisse, murmure, saisisse votre main pour l'inviter à pousser plus loin l'aventure. De la paume sur le tissu du slip, dessiner les contours de la queue, contours parfois si indécis que la main se retire, glisse entre étoffe et peau et se pose enfin sur la queue. Émotion de la sentir enfermée, repliée, comprimée dans son univers devenu trop étroit. Caresse du haut en bas, puis de bas en haut. L'homme ferme les yeux, il ne verra pas la suite, le moment où il suffit de baisser un peu la ceinture, soulever à peine le slip pour que la queue surgisse et se déploie.

Les queues. Pas une semblable à l'autre. Chacune a son mystère, sa façon d'être, ses préférences... Chacune a pour mission d'apporter du plaisir, mais le premier plaisir qu'elles donnent, c'est de les découvrir.

19. Cadeau de Noël

J'allais quitter l'agence pour chercher Didier chez lui quand mon mobile a sonné. C'était lui justement, mon cœur a sauté de joie. J'adore ce mec, on est amis, amants, jamais d'embrouilles entre nous, le rêve...

« Marc ? C'est Didier. Je ne suis pas libre ce soir.

— Tu n'es pas libre ? Mais hier matin tu m'as dit que... »

Oui mais voilà, il suffit de trente-six heures pour que s'écroulent les certitudes, par exemple celle qu'entre garçons les rapports sont plus simples. Didier n'a pas eu mille mots à dire pour que je comprenne qu'il venait de tomber amoureux comme un dingue d'un type rencontré la veille au soir, un qui avait dû lui faire le grand jeu (« Quel grand jeu ? Que lui a-t-il fait que je ne lui ai pas fait ? ») et dont il avouait avec un peu de gêne qu'il l'avait dans la peau. Une midinette, mon mec est une midinette ! Je lui ai dit qu'il ne pouvait pas tomber amoureux comme ça, en une nuit, en tout cas pas me laisser tomber juste parce qu'il avait mieux joui avec un autre. Il savait tout cela, il en avait même un peu honte, il a bredouillé : « Tu as raison, mais c'est plus fort que moi. Je suis désolé. » J'ai raccroché. Que faire d'autre ?

Chez moi, j'ai donné à manger à mon chat, à notre chat. C'est Didier qui l'a rapporté, incapable de résister aux miaulements d'un chaton affamé. À la télé, on parlait des émeutes en Seine-Saint-Denis, un autre monde quand on habite près de la Bastille. J'ai regardé quelques instants les infos sur fond de nuit et de voitures en flammes, mangé un reste de pizza puis décidé de sortir. Envie de baiser comme un sauvage pour me remettre, de me venger sur un autre de ce que je souffre, je n'aurais jamais cru souffrir autant de la défection d'un sex-pote. Cent fois on a ri ensemble, fait l'amour ensemble et parfois avec d'autres, on est parti en vacances ensemble, on a discuté des heures, on pensait avoir trouvé l'équilibre idéal entre amitié et baise, et voilà qu'un inconnu trouvé je ne sais où détruit cet équilibre en deux secondes.

« 23 h, soirée mousse au... » Le carton traînait sur la table du téléphone. Un truc de fou, musique et sexe, j'y vais. Tenue adéquate, le maillot de bain moule bite, le sachet étanche pour les capotes et la monnaie, plus ma carte d'identité, on ne sait jamais.

Au vestiaire, je dépose jean et tee-shirt et fixe la pochette étanche à mon maillot. Le gars de l'accueil me sourit, il me confirme qu'il y a déjà du monde. Ça, il y en a, on se croirait à Châtelet à l'heure de pointe ! Dans le couloir, des mecs à poil croisent des mecs en maillot, on se toise rapidement, on affinera l'explo plus tard, quand le signal sonore annoncera non pas la fermeture des portes mais l'arrivée de la mousse. Il y a déjà eu une séquence mousse, je reconnais l'odeur bizarre de détergent, ça pique la gorge puis on s'habitue. Sur la piste encore humide, musique de sourds. Les gens s'agitent en rythme saccadé, comme des pantins, effet stroboscopique de l'éclairage. Ça soûle un peu, ça donne un vertige propice aux débordements, déjà des mains baladeuses frôlent les culs à leur portée, mais dans l'ensemble tout se tient encore.

Le signal retentit, deux coups de sirène, cris de joie dans la foule, la mousse part du sol et commence à monter, le sol devient glissant, les gens rient trop fort, tout énervés par la sensation de disparaître peu à peu dans les bulles odorantes, la mouille sur leur corps les excite, certains ont repéré d'avance quelques beaux spécimens avec l'intention de profiter de ce cache-sexe moussu pour aller en tâter justement, du sexe. J'aperçois pas loin de moi quelques belles poutres apparentes, dont les propriétaires ne me plaisent pas, hélas. Je suis un cérébral.

La mousse continue de monter, bientôt elle atteindra nos oreilles, puis les dépassera. Alors je plongerai tête la première dans les flots moelleux, je creuserai des cavernes où mes mains tâtonneront à la recherche d'une belle tige ou de culs hospitaliers dont je ne verrai pas la gueule du propriétaire. Plaisir de l'anonymat, désir de jouissance pure, sans échanger un mot, on se frotte, on se lèche, on s'excite... Au départ, ça reste bon enfant, mais à la quatrième ou cinquième vague de mousse, les types se lâchent et c'est là qu'on peut vivre des sensations d'enfer. Une nuit, j'en ai vu jouer au petit train devant tout le monde, quatre wagons encastrés se dandinant en rythme...

C'est juste avant que la mousse n'atteigne mon cou que je l'ai aperçu, un minot de pas vingt ans, un black pas tout à fait black, pas tout à fait beur, peau de caramel pur sucre, dorée et luisante, cils kilométriques et air de biche traquée. Air épuisé surtout, la bouche tremblante comme s'il se retenait de pleurer. Une envie folle de le consoler m'a saisi, vite j'ai rampé dans la mousse pour m'en approcher en faisant gaffe de ne pas marcher sur les types à quatre pattes qui prenaient du plaisir plein leur bouche.

Quand je me suis redressé, j'étais à trois pas du garçon dont je n'apercevais plus que le regard perdu, largement suffisant pour me faire bander toute la nuit et plus. Dans ma tête, l'envie tournait comme une obsession : « Celui-là, il me le faut, il me le faut. » J'ai replongé dans la mousse en faisant la brasse pour me coller à lui qui ne bandait pas du tout. Mais même au repos il valait le déplacement et ses fesses encore plus, un cul musclé au toucher élastique. Comment dire ? Du béton satiné, voilà, où il devait faire bon creuser son trou.

Je suis remonté en surface pour reprendre souffle, l'apnée n'est pas mon fort. La lance à mousse avait cessé de cracher, les bulles éclataient avec un bruit de baisers mouillés, peu à peu le niveau baissait. Quand il est arrivé à hauteur des épaules, j'ai adressé au black/beur une mimique expressive, il a fait non de la tête mais s'est collé à moi, m'a saisi par la nuque et m'a embrassé. Il embrassait bien, pas vite, profond, un baiser tout en douceur et pourtant efficace tandis que nos ventres se frottaient l'un à l'autre. S'il continuait comme ça je n'allais pas tarder à apporter ma contribution personnelle aux flots de mousse. Le garçon a lâché mes lèvres, que j'ai senties gonflées. Désir ou morsures ? Rien que la question m'excitait. Il a hurlé à mon oreille pour couvrir la sono :

« Moi c'est Noël, et toi ?

— Marc », ai-je hurlé aussi fort.

Noël m'a fait signe qu'il avait soif, moi aussi.

Bizarrement la mousse a un effet desséchant, ça doit être de la pure chimie, ce truc.

Au vestiaire, je me suis épongé avec le rouleau de Sopalin pour ne pas me geler les burnes, puis on est allé au bar. Noël m'a examiné de haut en bas, je me suis dit qu'avec mes dix ans au moins de plus que lui la partie n'était pas gagnée, la mousse avait eu l'avantage de cacher l'insuffisance évidente de mes pectoraux, mais là, même dans la pénombre du bar, je n'en menais pas large. Pour me donner une contenance, je lui ai demandé :

« Tu as l'air fatigué. Tout à l'heure j'ai cru que tu allais t'endormir dans la mousse. La journée a été dure ?

— Ça fait huit jours que c'est dur, que je ne dors pratiquement pas. »

Le jour, il prépare un BTS de compta, puis livre des pizzas jusqu'à 23 h pour financer ses études. Ensuite, impossible de fermer l'œil. Il est réveillé par le vacarme des bandes de jeunes surexcités, les coups frappés sur les carrosseries, les portes d'immeubles qui claquent, puis les sirènes de police hurlantes, sommations d'usage, odeur de gaz lacrymogènes, cavalcades, Noël se lève... Par la vitre il aperçoit des gens qui courent en tous sens, d'autres à terre dans des combats confus. Impossible de dormir dans cette ambiance.

« Pourquoi t'es venu ici, dans cette foule ?

— Parce que j'avais besoin de douceur. »

Marc écarquille les yeux, incrédule :

« De la douceur, dans un backroom ? ! »

Noël sourit. Quand ses dents éclairent son visage, ce type devient carrément lumineux. Il a une peau incroyable qui appelle la caresse.

« Oui, ici. Là-bas, c'est tellement dur... Un monde de brutes, de l'hostilité partout. Même quand il ne se passe rien, c'est lourd de violence. J'ai envie de rien d'extraordinaire, juste une vie normale, tu vois. Et puis tu imagines, être un pédé là-bas ? Ça m'arrive de sortir avec des filles rien que pour avoir la paix. Le plus souvent je dis que j'ai trop de boulot pour penser à baiser. Ici, je peux être moi-même, c'est ça, la douceur. »

Ils ne sont pas retournés au milieu de la piste, dans la mousse et les débordements de fin de soirée. Ils ont choisi un coin isolé, sur une banquette où Noël s'est allongé en fermant les yeux. Marc est venu sur lui et tout doucement l'a caressé en bougeant tout son corps, body-body, full contact, pas une cellule du torse du garçon n'a échappé aux caresses du torse de Marc. Puis Marc a fait se retourner Noël et l'a embrassé de la nuque jusqu'en bas des reins sans se presser, avant d'enfouir son nez et sa langue dans la raie du garçon, de lui ouvrir délicatement l'œillet sans forcer. Noël a remonté ses jambes sous lui et s'est masturbé comme dans un rêve, concentré sur la sensation de la langue de Marc qui prenait peu à peu possession de son cul. Autour d'eux, des corps se possédaient sans fioritures, Marc et Noël entendaient des ahanements de bûcheron forçant le passage, des rugissements orgasmiques, des rires étouffés. Ils avaient l'impression de faire l'amour au milieu de dizaines de cabines de projection pornographique. De temps à autre, l'un d'eux levait la tête et voyait à un mètre de lui un dos tatoué, des jambes écartées pour bien garder l'équilibre ou une paire de fesses largement écartées par des mains impatientes. Le contraste était saisissant, excitant, entre la douceur de leurs ébats et les jeux alentour. Noël gémit plus fort sous la langue de Marc qui tournait inlassablement autour de son trou, continuait de caresser ses fesses et ses boules sans aucune fébrilité, que de la douceur d'une intensité presque insoutenable. Le jeune homme serra sa main plus fort autour de sa bite et accéléra ses va-et-vient. Des ondes vibratoires parcoururent tout son corps et il jouit en criant avant de s'écrouler sur la banquette, heureux et mort de fatigue.

*
**

À l'aube, Marc fut réveillé par la sonnerie du téléphone. Il se leva trop tard, entendit juste le répondeur se déclencher et la voix de Didier :

« Marc, je t'ai appelé deux fois hier soir, où

tu es ? Tu m'appelles demain pour qu'on déjeune ensemble ? »

Marc alla dans la cuisine boire un verre d'eau, content du message. En arrivant près de son lit, il s'arrêta un instant pour contempler Noël endormi. Le garçon était nu, les bras repliés autour de sa poitrine comme s'il se serrait dans ses propres bras. Il dormait en chien de fusil, sur le côté droit, son profil brun bien découpé sur le blanc de la taie d'oreiller. Il respirait paisiblement, profondément, pour la première fois sans doute depuis huit jours.

Alors Marc prit le drap et le remonta sur les épaules de Noël pour qu'il n'ait pas froid, puis il se glissa contre lui et ferma les yeux. Heureux.

20. *Jeux de miroirs (5)*[1]

Il ouvrira la porte, écarquillera les yeux en découvrant une grande pièce qui lui rappellera le décor de l'émission « En aparté », mais dans ses oreilles, c'est la voix de Lola qu'il entendra. Elle lui dira d'avancer et de boire le verre de vin posé sur le bar. Il cherchera machinalement des yeux les caméras, ne les trouvera pas. La voix le conduira jusqu'à l'écran mural : « Appuie sur la télécommande. »

Il verra des photos qu'il a prises. Des photos de lui regardant l'objectif, des clichés de son cul photographié dans un miroir, de son visage grimaçant de plaisir, de ses jambes nues et épilées entre lesquelles il passe la tête pour saisir du bout des lèvres son sexe gros et fort serré par un cockring, un anneau capable de main-

1. En hommage à Pedro Almodovar

tenir l'érection tout le temps de la prise de vues. Il est fou de lui-même, il adore se prendre en photo mais ne regarde presque jamais les clichés, ne les efface pas non plus. Il se collectionne.

Alors, de se voir sur l'écran en grand format, de se découvrir aussi narcissique, il se sent gêné, honteux. Il détourne les yeux.

« Non, regarde-toi ! N'aie pas peur de ce que tu es ! »

La voix murmure à son oreille :

« À présent, va au centre de la pièce. Allume le magnétoscope et regarde la scène qui va suivre. »

Il aperçoit un éphèbe au centre d'une pièce, devant un lit défait. Une voix invisible lui prescrit d'avancer et de se déshabiller, lentement, puis de se caresser à travers le slip. La main du jeune homme est hésitante, la voix ordonne de le faire mieux que cela, de se faire bander, puis de se mettre à plat ventre et de se masturber.

Adrien est troublé, il se souvient du film, vu à la cinémathèque : « La Loi du désir », Pedro Almodovar. À un moment, le metteur en scène invisible demande au jeune homme de l'implorer : « Baise-moi, baise-moi. » « Follame, follame. » Le jeune homme se retourne, proteste avec des yeux éperdus : « Mais, on avait dit que... » On avait dit que c'était un jeu, qu'on ne le ferait pas vraiment. Adrien se souvient du trouble éprouvé lorsque la voix du metteur en scène, implacable, insistait, « Dis-le, dis follame, dis-le », de son trouble lorsque le garçon, vaincu, réclame qu'on le prenne et se pogne avec vigueur dans l'attente de la possession... qui ne vient pas. Il jouit, le réalisateur filme. La puissance des mots a suffi.

La voix de Lola murmure :

« Arrête le magnétoscope, mets-toi au centre de la pièce. »

Il n'avait pas remarqué le lit défait, contre le mur. Lola lui ordonne d'avancer, de s'asseoir sur le lit et de se déshabiller lentement. Adrien joue le jeu, il est en terrain connu. Lorsqu'il se retourne en murmurant « Follame, follame », il ne cherche plus des yeux la caméra, le trouble voile son regard, le désir est si fort qu'il se prend à regretter qu'il ne s'agisse que d'un jeu.

Lola a les yeux fixés sur l'écran de contrôle, elle contemple le corps offert et, sans même lever les yeux, tend une clé à quelqu'un derrière elle.

« Vous pouvez y aller, il est prêt. »

Le Maître entre silencieusement dans la pièce tandis qu'Adrien continue à se caresser en murmurant « follame, follame ». Il enfile des gants fins de latex, sort de sa serviette en cuir une fiole d'un liquide transparent qu'il verse de très haut sur le cul d'Adrien comme s'il servait du thé à la menthe. Sur l'écran, Lola voit en plan très rapproché les mains du Maître s'approcher des fesses offertes...

Alors, elle éteint le moniteur, sort de la cabine et va prendre l'air.

(à suivre)

21. La diva du labo

« Je reviens tout de suite, attendez-moi ! »

Quinze regards masculins suivent Laura tandis qu'elle se fraye un chemin entre les tables jusqu'à l'escalier qui mène aux toilettes. Exercice difficile quand on appartient à une minorité aussi évidente : trois femmes pour quinze hommes, c'est la proportion normale au stade de directeur de recherche. À ce niveau de diplômes et de compétences, seules ont survécu celles qui avaient l'envie chevillée au corps. Le post-doc, les années de stages et de contrats précaires mal payés, les heures qu'on ne compte pas, le renoncement à toute vie familiale qui vous détournerait de vos recherches... Laura a tout accepté. À quarante-deux ans, elle règne sur un laboratoire d'oncologie génétique où elle arrive tôt le matin, dont elle part tard le soir. À intervalles variables, elle libère ses pulsions sexuelles avec

Marc, un chercheur marié, qui justifie ses rentrées tardives au foyer par la rigueur de sa chef : « Une peau de vache, mon amour, tu n'imagines pas ! Certains disent qu'elle est belle, mais franchement, quand on bosse avec elle, elle est si dure qu'elle devient asexuée, pas plus bandante qu'un thon. » L'épouse rassurée plaint le mari. Laura s'accommode de ces ébats rapides. En bonne scientifique, elle se persuade que le désir n'est qu'une chimie organique, une perturbation hormonale qu'on peut réguler sans états d'âme.

Dans les toilettes elle souffle enfin, délivrée de l'obligation de paraître aux yeux des autres chercheurs. La communauté scientifique est d'une cruauté indicible, elle traque la moindre faiblesse, le moindre signe de fatigue, une hésitation, un lapsus qui permettront, plus tard, d'alimenter d'interminables polémiques. Cette pièce carrelée de bleu turquoise, avec sa lumière douce, ses grands lavabos et les essuie-mains individuels en tissu éponge mandarine lui procure un sentiment de paix intérieure après le brouhaha bavard du dîner. Elle aimerait s'y attarder, elle y dormirait volontiers, tranquille...

Dans la glace où elle ravive son maquillage apparaît soudain une silhouette. Marc s'avance lentement, se colle contre son dos, la bite en éveil. Il embrasse Laura dans le cou, essoufflé comme un phoque, un souffle chaud d'après repas trop arrosé. Laura s'écarte :

« Laisse-moi, pas ce soir, je suis crevée.

— Pas ce soir ? Mais c'est le dernier soir, Laura, tu ne peux pas me refuser cela ! » Il insiste, câlin : « C'était pas merveilleux de dormir enfin ensemble pendant ce week-end ? »

Il attend une réponse, qui ne vient pas. Son visage s'assombrit :

« Bon, je remonte. Si tu changes d'avis, tu connais le numéro de ma chambre. »

Dans l'escalier, il lance :

« Dépêche-toi, le car va bientôt partir. »

Laura ne l'entend pas, elle se contemple dans la glace, rêveuse.

La nuit avec son amant n'a rien eu de merveilleux. Marc au lit n'est pas meilleur que Marc debout devant la paillasse du labo. Ce qu'elle aime, c'est leur désir brut d'après travail, quand elle retire en hâte sa culotte et se hisse sur les carreaux de faïence miraculeusement à bonne hauteur, quand Marc la saisit aux hanches sans fioritures et la pénètre entre les spectromètres et les séquenceurs de gènes qui poursuivent leur tâche dans un ronronnement familier. Elle aime cette jouissance brève et aiguë quand il cogne fort au fond d'elle sous la lumière crue des néons, quand elle s'agrippe à ses épaules pour ne pas tomber, quand leur plaisir est parasité mais accru par le risque qu'on les surprenne...

Dans un lit, Marc devient banal. Elle le revoit se déshabillant au pied du lit comme il l'aurait fait chez lui ou chez le médecin, puis revenant de la salle de bains, la peau encore humide. Sa verge sentait le savon d'hôtel, autant dire rien. Au labo, il ne se déshabille pas, il dégrafe juste ce qu'il faut son pantalon. Lorsqu'il prend Laura, elle sent sur sa chemise les senteurs de la matinée, des odeurs de sueur – par bonheur, les phéromones de cette transpiration virile la stimulent – des effluves ténus de tabac miellé et un lointain souvenir d'eau de toilette d'autant plus excitant qu'il faut le débusquer loin derrière les autres odeurs. Ce n'est pas seulement un sexe d'homme, ce sont tous ses univers, son intelligence et sa vie qui la pénètrent et la font jouir.

Au lit, Marc se mue en amant attentif, c'est-à-dire appliqué. La fébrilité qui le rend d'habitude si érotique se mue en scénario méticuleux dont Laura anticipe chaque étape et prévoit chaque geste. Elle se souvient alors qu'il est son subordonné, se surprend à guetter ses maladresses et ses caresses laborieuses, bref à lui décerner une note. Au lit, Laura espérait autre chose que des préliminaires formatés par des lectures sexologiques, une complicité joyeuse, une intimité plus douce que leurs ébats habituels, quand Marc s'était tourné vers elle :

« Tu sais, je me sens un peu coupable de dormir avec toi, si Véronique l'apprenait... »

Laura l'avait vivement interrompu :

« Et tu ne te sens pas coupable de me sauter au labo ? »

« Non, enfin si... mais ce n'est pas pareil. Dormir, ça veut dire autre chose. Chaque fois que j'ai trompé Véro, je suis rentré dormir chez moi. » Laura s'était écartée, réfugiée au bord du lit, attendant un mot d'excuse ou de tendresse de l'homme, jusqu'à ce qu'un léger ronflement l'informe qu'il avait entamé sa nuit.

A-t-elle rêvé longtemps ou quelques secondes seulement ? Lorsqu'elle s'ébroue, passe la main dans ses cheveux et se penche sur le robinet pour avaler une lampée d'eau froide, Laura a le sentiment d'avoir changé de monde. Le brouhaha de la salle ne lui parvient plus, les cuisines se sont tues. De ses doigts mouillés, elle efface la trace des lèvres de Marc sur son cou. Le geste la surprend. Elle s'en veut. Cet homme ne lui a rien fait, sinon lui rappeler sa solitude. Patronne ou maîtresse. Deux mots de pouvoir.

En haut de l'escalier, elle se retrouve dans la pénombre. Des chaises sont empilées sur les tables, les lumières sont éteintes. Seul un léger bruit, au fond de la pièce, trahit une présence :

« Il y a quelqu'un ? »

Le patron du restaurant se retourne, stupéfait :

« Vous êtes encore là, madame ? Vos collègues sont partis, je ne savais pas que vous étiez restée en bas. »

Elle est émue par le son de cette voix de basse, bourrue et chaleureuse :

« Vous non, mais eux, ils auraient dû s'en apercevoir !

— C'est vrai. Je ne comprends pas.

— Il y a longtemps qu'ils sont partis ?

— À peine dix minutes, mais ça ne change rien... »

Laura hésite :

« Vous ne... vous ne pourriez pas me raccompagner en voiture ? »

L'aubergiste hoche négativement la tête. Il pourra demain quand il fera jour, mais pas à cette heure-ci. En Corse, les routes de nuit sont dangereuses, escarpées, pas éclairées. Il ne veut pas s'y risquer. Demain, dès que le soleil sera levé, il téléphonera à sa fille pour qu'elle vienne tenir le restaurant et il reconduira Laura. Il lui fait signe d'approcher, lui montre la chambre où il s'apprêtait à entrer quand elle l'a hélé :

« Si vous voulez vous allonger, vous reposer... Je vais me mettre sur une banquette dans la salle.

— Pas question, je vous en prie ! C'est moi qui vais rester dans la salle.

— Ce n'est pas confortable, le skaï est froid.

— Ne vous en faites pas, j'ai déjà dormi à la dure. »

Elle s'allonge, les bras le long du corps, les genoux repliés pour tenir sur la banquette qui mesure moins d'un mètre cinquante. L'homme a raison, on a vu plus douillet. L'arrondi de la banquette, confortable pour accueillir les fessiers des convives, la déséquilibre et l'empêche de se détendre. Laura reste éveillée, les yeux fixés sur les étoiles qu'elle aperçoit à travers un carreau. Marc savait qu'elle était dans les toilettes, il a fait exprès de ne pas avertir le conducteur, une vengeance mesquine parce qu'elle l'a repoussé. Sale con ! Il lui paiera ça de retour au labo. Elle passe quelques minutes à imaginer les représailles qu'elle lui infligera. L'instant d'après elle se dit qu'il est idiot de se fâcher avec son plus proche collaborateur. Qu'y gagnera-t-elle ? Une ambiance de travail pourrie et la fin de leurs ébats. Et si ce n'est lui, qui ? Les autres chercheurs du labo sont trop jeunes et ne l'attirent pas. Au-dehors, elle n'a jamais trouvé le temps pour une vraie relation.

Elle sourit dans le noir : l'expression « vraie relation » lui semble factice, mièvre. Ses vraies relations sont amicales ou professionnelles, elle n'a aucune envie d'une relation de couple. Rien que le mot lui fait horreur. Elle a trop vu de ces médecins mariés et pères de famille prêts à sauter sur tout ce qui bouge dès qu'ils s'échappent en congrès. Elle a trop observé leur gêne évidente lors des dîners « avec les conjointes » où il ne savent pas comment présenter à leurs collègues la femme qui partage leur vie tant ils sont sûrs qu'elle sera aussitôt jaugée, jugée, et bien souvent exécutée d'un commentaire assassin dans le dos de l'intéressée :

« Un type si brillant... t'as vu la femme qu'il a... »

Elle a trop vu de « Marc et Véronique », Marc qui passe plus de temps au labo que chez lui et jouit « comme un fou » avec Laura, avec sur son bureau les photos du bonheur familial.

« Vous ne dormez pas ? »

La voix est grave, profonde. Laura se lève, s'arrête à l'entrée de la petite chambre dont la fenêtre est ouverte. Le patron de l'auberge est allongé en slip sur son lit. Sous la clarté de la lune, il paraît massif, musclé, d'une virilité qui émeut Laura. Son torse est velu, poivre et sel, son corps bruni par le soleil. L'ensemble dégage une impression de chaleur, il fait meilleur ici que dans la grande salle, Laura le lui fait remarquer. L'homme tapote le bord du lit : « Approchez-vous, asseyez-vous, ne restez pas plantée là. »

Alors Laura s'avance, s'assoit sur le lit, lève un pied, enlève une sandale, puis c'est le tour de l'autre pied. L'homme la regarde faire, il précise :

« Je m'appelle Toussaint, et vous ?

— Laura.

— C'est beau, Laura, c'est un prénom de roman. Donnez-moi vos mains, que je les réchauffe. »

Elle les lui tend, et tandis qu'il les enferme

entre ses paumes chaudes, il lui pose des questions sur elle, sur sa vie. Elle a plaisir à lui raconter ses journées de chercheuse passionnée, surprise de l'intérêt qu'il lui porte. Il la relance, veut tout savoir :

« Vous avez des enfants ?

— Non, je ne suis pas mariée, je vis seule. Et vous ?

— Je suis veuf depuis deux ans, ma fille a vingt-quatre ans, elle vient de se marier avec un continental. Ils veulent partir là-bas. »

Tout en parlant, il frotte les mains de Laura avec les siennes.

« Ça va, vous n'avez plus froid ?

— Non, je vous remercie, ça va mieux. »

Il va pour lui lâcher les mains, elle lui demande de les garder. Les yeux de l'homme sourient, et ce sourire lui donne tout à coup un air juvénile. Laura le regarde, puis contemple le fouillis de la chambre où il a visiblement entassé ses souvenirs de jeunesse. Elle s'arrête à une photo, celle d'un jeune homme bouclé au regard perçant dont la bouche à elle seule mériterait qu'on y passe ses vacances.

« C'est qui, ce beau garçon ?

— C'est moi, quand j'avais l'âge de ma fille. »

Les yeux de Laura passent de la photo à Toussaint, de Toussaint à la photo, puis de nouveau à Toussaint. À part les cheveux, c'est vrai qu'il lui ressemble, surtout avec ce regard pétillant que lui donne soudain l'assurance que la femme tout contre lui commence à le désirer, commence à se demander si la bouche du jeune homme d'antan a conservé toute sa sensualité. Il le sent à un rien, à la façon qu'a Laura de soudainement vouloir changer de position. Elle replie ses pieds nus sous elle mais perd l'équilibre et se laisse rattraper par la poigne de l'homme qui passe son bras gauche sous son corps et dépose la tête de Laura au creux de son épaule. Elle ferme les paupières, qu'il effleure d'un baiser, un sur chaque œil, délicats comme un murmure d'oiseau. Il a des lèvres à donner envie d'y passer ses vacances... De sa main droite restée libre, il déboutonne la robe jusqu'à la ceinture :

« N'ayez crainte, je n'irai pas plus loin, je veux juste célébrer votre gorge. »

Et tandis que les lèvres de l'homme parcourent ses seins et qu'elle sent les deux globes frissonner sous la caresse, Laura s'abandonne. Elle n'en revient pas de cette voix qui sait dire « célébrer », qui sait dire « gorge » et non pas « seins » ou « poitrine », cette voix de basse qui la pénètre aussi profondément qu'un pénis, c'est sûr, elle ne saurait expliquer autrement les tremblements qui soudain animent son bassin alors que l'homme se contente de sculpter avec ses lèvres, sa salive et ses dents la gorge à présent offerte et les pointes érigées. Il lui parle à l'oreille avec cet accent qui a tant amusé ses compagnons de table il y a deux heures et lui semble à présent d'un érotisme torride. Chaque vibrato devient caresse, chaque syllabe se fait brûlante. Toussaint lui raconte sa peau aux senteurs d'herbes chaudes, il lui dit combien il a envie d'elle et combien elle est belle. Elle le laisse ouvrir jusqu'en bas sa robe, tend vers lui son ventre sur lequel il passe une paume douce et rugueuse à la fois en murmurant « ton ventre, j'aime ton ventre ».

Laura est éblouie de ce désir qui monte en elle, pas le désir brut qu'elle ressent avec Marc, immédiat et fugace, mais un désir qui vient de loin, prend son temps pour grossir, prendre forme et monter de son vagin à son cœur, comme la cire colorée de ses lampes d'étudiante que l'ampoule chauffait et faisait se dresser... Et du ventre à la bouche, le désir la fait à présent gémir et implorer :

« Laisse-moi te toucher, donne-moi ton sexe, je t'en prie. »

Il lui prend la main, la guide, elle est surprise par la grosseur de la verge qu'elle enserre à peine de ses doigts repliés, une verge courte et épaisse qu'elle sent frémir, une tige dure à la peau brune qu'elle caresse comme un tissu précieux, un velours, du bout des doigts d'abord, puis plus fort.

Toussaint frissonne : « J'aime ce que tu me fais, j'aime tes caresses... » Elle ne sait pas comment elle a réussi à se retrouver ouverte et nue contre lui, nu aussi. Leurs mains se sont débrouillées pour les dévêtir sans qu'ils cessent de se caresser et de se dire leur émerveillement. Toussaint roule sur Laura de tout son poids, elle soupire : « Oui, aime-moi ! »... Il entre en elle à peine, juste pour l'entendre soupirer : « Oh oui, viens... » Il reste sans bouger, elle sent avec une acuité jamais éprouvée le bout du phallus si doux, si dur, qui tourne un peu, caresse son intérieur puis ressort, lui arrachant un cri de protestation « Non, reste ! » Il revient aussitôt pour le plaisir de l'entendre gémir. Il met un temps infini à la pénétrer, à l'ouvrir de cette verge courte et large dont il sait le plaisir qu'elle donne aux femmes lorsqu'on les ouvre lentement, patiemment, lorsqu'on les fait languir et implorer. Laura supplie : « Viens plus loin, enfonce-toi... »

Elle pousse avec son bassin, elle le provoque, lui aussi n'a qu'une envie, aller au fond d'elle dans ses terres les plus mouillées et la défoncer comme un taureau, mais il se retient à grand-peine parce qu'il veut qu'elle ait encore plus envie, qu'elle se donne, qu'elle l'engloutisse. Il murmure en remuant à peine à l'intérieur d'elle :

« Tu as envie, Laura, vraiment envie ? Je te sens mouiller comme une femme amoureuse, tu ruisselles sur ma verge, tu la rends grosse et dure, je suis ton homme, tu m'appartiens. »

Elle se laisse bercer par cette mélopée qu'en d'autres circonstances elle trouverait ridicule.

Les mots n'ont plus d'importance, seule leur musique compte, ces intonations graves qui la transpercent. Lui n'en peut plus de gonfler, il a l'impression qu'il va éclater s'il se retient encore de jouir. Ses hanches tremblent, sous lui le ventre de Laura trépigne d'impatience, elle le supplie de venir, il résiste encore quelques secondes... Elle a si envie qu'il la prenne qu'elle éclate en sanglots énervés. Il n'attendait que cela, cette détente totale du corps qui l'ouvre à sa pénétration rageuse. Vite il s'enfonce, martèle, elle pleure de jouissance et inonde le lit de son plaisir si longtemps, si minutieusement retenu. Il jouit à son tour, plusieurs fois. Il a l'impression qu'il n'en finira pas de jaillir, il a chaud, il transpire, les draps s'emplissent de leurs odeurs, Laura les hume avec délices, elle aime leurs parfums mêlés de virilité et de féminité, Toussaint à cet instant lui semble une quintessence d'homme, d'un homme qui la serre dans ses bras, embrasse ses cheveux puis descend la tête entre ses cuisses :

« Tu sens la femme, la vraie femme. »

Il la serre contre lui, elle se blottit dans sa chaleur, lèche le torse de l'homme en murmurant, déjà ensommeillée :

« Serre-moi avec tes cuisses, écrase-moi avec tes bras. »

Au réveil, Laura ne sait plus trop où elle est. Il n'y a personne auprès d'elle. Brusquement lui revient en mémoire le plaisir de cette nuit et le sommeil pour une fois sans rêves, sans insomnies, qui l'a suivi. Elle sent une odeur de café et de pain grillé. Toussaint apparaît à l'entrée de la chambre, chargé d'un plateau. Il le pose par terre, ouvre grand la fenêtre qu'il s'était levé pour la fermer dans la nuit, craignant que Laura ait froid.

« Respire les odeurs d'herbe ! On m'emmènerait au bout du monde, on me ramènerait les yeux bandés, je reconnaîtrais la Corse rien qu'en humant ces parfums. »

Il revient vers Laura, s'assoit près d'elle, embarrassé :

« Je voulais te dire... parce que je sais que c'est important pour une scientifique comme toi. Je n'ai pas touché une seule femme depuis la mort de la mienne. Donc aucun danger... Tu ne risques rien. »

Laura n'en revient pas qu'il y ait pensé quand elle, la rigoureuse, la chercheuse, avait totalement oublié le problème. Cet homme est une merveille, un miracle. Elle lui sourit :

« Je te fais confiance, et je voudrais te demander quelque chose.

— Si c'est possible, c'est déjà oui.

— Le congrès s'est achevé hier, mon avion ne décolle que ce soir, et je n'ai rien à faire avec mes collègues. Si ta fille peut garder le restaurant, est-ce que tu m'emmènerais découvrir ta montagne avant de me reconduire à l'aéroport ? J'appellerai l'hôtel pour que quelqu'un prenne ma valise. »

Le visage de Toussaint s'éclaire d'un immense sourire :

« C'est possible, mais on ne découvre pas la Corse en une seule fois. Alors à mon tour je te demande une chose : reviens quand tu le désires. »

22. Libre fantasme

Cet homme-là, vois-tu, pourrait me saisir aux hanches, me hisser sur une table, écarter mes jambes, me prendre sans attendre... Ou s'avancer sur moi, me faire reculer, tomber sur le lit, soulever ma jupe, déchirer ma culotte, bien écarter ma chatte et y coller ses lèvres... Ou encore arrêter sa voiture, ouvrir son pantalon, appuyer sur ma tête et enfoncer sa queue dans ma bouche jusqu'à ce que j'en perde souffle.

Cet homme-là pourrait faire onduler ma croupe sous un fourreau serré, exiger des dentelles, des cuissardes en latex, une guêpière...

Ou une robe d'écolière, des socquettes, un serre-tête...

Il pourrait m'exiger putassière lourdement fardée ou vierge en percale immaculée et culotte de coton.

Il pourrait me prendre où il voudrait, quand il voudrait, comme il voudrait. Dire « Serre-la forț, oui, comme ça, suce bien, avale », ou « Écarte, ouvre-toi, jouis, ne jouis pas, retiens-toi, lâche-toi, tu m'appartiens. »

Cet homme-là pourrait tout faire, tout dire... sauf me posséder.

Je viendrais vers lui librement, et m'en irais quand il me chante.

23. Le rêveur d'atelier

La grande aiguille touche le 12, la petite est centrée sur le 10, Nico se lève et enfile son blouson de cuir. L'atelier est rangé impeccable, il s'y emploie toujours dix minutes avant l'heure. Kevin ricane :

« Putain, tu ferais pas une minute de plus ! »

Nico le dévisage. Qu'il est con, ce Kevin ! Vingt ans tout juste, une gueule d'ange ébouriffé mais un cerveau gros comme un pois chiche et nourri aux séries américaines, comme celui de sa mère qui l'a appelé Kevin à cause du héros de je ne sais quel sitcom, justement, et a baptisé sa sœur Samantha. Kevin et Samantha, prénoms typiques des pauvres gosses qui rêvent devant l'écran en se gavant de chips et de Coca.

« Et pourquoi je resterais une minute de plus, Ducon ? Ça fait vingt-cinq ans que je perds ici la moitié de ma vie. Eh oui, banane, j'habite à deux heures de route les jours où ça roule : quatre heures de transport, plus sept heures de taf, on n'est pas loin du compte. Et tout ça pour quoi ? Pour finir d'un cancer aux hydrocarbures comme mes trois meilleurs potes ? Une chance que j'ai de la santé, pour l'instant je suis passé au travers. »

Le jeune hausse les épaules :

« Tu t'en fous, t'as fait le plus gros et t'auras une retraite. Moi, intérimaire, je vais galérer toute ma vie pour rien du tout. »

Nico le regarde, partagé entre l'envie de rentrer dans le lard de ce vaincu de la vie incapable de s'imaginer autrement que soumis, et attendri par sa détresse, son corps à peine sorti de l'adolescence et déjà usé. Il pense à son fils qui a le même âge mais mille fois plus d'avenir.

« Allez viens, tu finiras ton taf demain, la terre ne va pas s'écrouler pour autant, crois-moi... Viens, je t'offre un verre.

— Tu as le temps ?

— Je le prends. »

Dehors, la nuit est froide, leurs haleines dessinent devant eux des nuages. Kevin allait vers le bistrot le plus proche, planté dans la zone industrielle, mais Nico l'arrête d'un geste :

« Non, on ne reste pas dans le coin, je t'emmène en voiture, ça te rapprochera de chez toi. »

Ils se posent dans un bistrot sympa, devant des demis et une assiette de frites qu'ils picorent machinalement. En une heure, Kevin lui a tout raconté : sa mère qui l'a élevé seule, son père disparu aux abonnés absents à la naissance de Samantha, sa bande de copains qui lui ressemblent trait pour trait, sa copine qui prépare un CAP d'esthéticienne. Nico soupire : au même âge, avec ses potes, il parlait des filles, des filles, des filles et encore des filles... Ils riaient à la vie.

« Sexuellement, ta copine, elle est comment ? »

L'autre est ébahi, la question le prend en pleine tête, de la part d'un chef d'atelier marié et père de famille il ne l'imaginait pas. Il rit comme un cheval :

« Hin, hin, pas mal ouais... »

Pas mal, ça veut dire qu'elle suce et baise à la demande avec une application de pipeuse qui a visionné tous les films X. Elle le fait jouir, ça, pas de problème. Il peut lui demander ce qu'il veut.

Nico soupire, parfois il se demande si c'est un problème de génération ou son problème à lui. Il penche pour la seconde solution. Lorsqu'il avait dix-huit ans, ses copains ne pensaient aussi qu'à se faire pomper par leurs copines, qui rechignaient plus qu'aujourd'hui. Le seul moyen de les convaincre était de leur dire que ça évitait de faire des enfants, ou mieux : que c'était une vraie preuve d'amour. Les gars se moquaient de lui :

« Et toi, Nico, toujours rien ? »

Il ne répondait pas, il avait horreur de ces conversations minables, le sexe méritait mieux, il en était convaincu. Oui, il devait être bizarre, il avait besoin de rêver pour bander.

Un jour, ses deux meilleurs potes avaient décidé d'aller aux putes. Nico les avait accompagnés. Dans la rue Saint-Denis, les trois compères faisaient les cent pas sans se décider, éblouis et intimidés par le choix qui s'offrait à eux, des femmes de tous âges et de toutes nationalités dont ils pouvaient contempler à loisir les cuisses presque nues, les seins à se damner... Elles ne les rabrouaient pas, au contraire, elles leur lançaient des sourires, leurs bouches murmuraient des invites, leurs lèvres mimaient des choses obscènes qui excitaient à mort les trois garçons. Enfin, Didier avait demandé son tarif à une grosse blonde et était revenu effaré :

« Les mecs, on peut pas tous y aller, on n'a pas assez de thune.

— Moi je peux m'en passer, avait précipitamment déclaré Olivier, j'y suis déjà allé, pas vous. Arrangez-vous tous les deux. »

Ils avaient tiré au sort, Nico avait gagné. Il s'était avancé vers une fille brune et maigre, sous les regards surpris des deux autres, qui auraient plus volontiers opté pour la plantureuse blonde.

« Monte, c'est au premier, la chambre en face de l'escalier. »

Nico se souvenait très précisément de l'odeur de cet escalier, un parfum de détergent citronné sur fond d'humidité et de moisi. Heureusement la chambre était propre, d'une neutralité rassurante avec des rideaux marron et un papier peint beige. La fille était passée derrière un paravent en plastique pour se laver, elle l'avait appelé :

« Viens que je te lave aussi.

— Ce n'est pas la peine, madame, je n'ai pas envie de ça. »

Elle avait passé la tête par le rideau, regardé ce jeune type plutôt bien foutu avec ses beaux yeux clairs et son teint mat. Pas du tout la tête d'un pervers ou d'un tordu. Au premier regard elle avait penché pour un puceau en goguette, à présent elle s'interrogeait.

« Bon, dépêche-toi, qu'est-ce que tu veux ?

— Enlevez votre culotte et allongez-vous sur le lit. »

Bigre, le gamin semblait sûr de lui, tout à coup. Vaguement inquiète, elle s'était exécutée. Il avait payé pour une passe, il avait droit à son temps de passe. Nico s'était accroupi aux pieds de la fille, lui avait écarté les jambes et des chevilles aux genoux, puis des genoux jusqu'en haut de ses cuisses, il avait remonté ses mains sur la peau douce. Arrivé au fond du V que formaient ses jambes ouvertes, il avait marqué un temps d'arrêt, comme en contemplation, avant de saisir du bout des doigts les lèvres du sexe, d'en écarter les poils pour dévoiler la peau rose et les secrets cachés au fond des grandes et des petites lèvres de cette bouche intime. Avec son index mouillé il avait caressé le clitoris, l'avait délicatement roulé entre ses doigts, senti gonfler et durcir comme gonflait et durcissait sa verge... La femme avait fermé les yeux, son ventre frémissait tandis que d'un doigt, puis de deux, Nico explorait son vagin qui d'ordinaire n'avait pas droit à tant de délicatesse. Il pencha la tête, et du bout de la langue effleura le clitoris en s'étonnant de ce petit goût électrique, un peu salé, un peu acide, qui faisait dresser ses poils sur ses avant-bras et sa bite dans son pantalon. Électrique, c'était le terme, d'ailleurs la fille avait sursauté comme si elle avait pris un coup de jus, mais c'est elle qui lui en donnait à présent, du jus de femme heureuse qu'il goûtait avec délectation quand soudain il entendit la femme prononcer :

« Je suis désolée, mon petit gars, il va falloir conclure, c'est l'heure.

— Encore une minute, madame, s'il vous plaît ! »

La phrase ramena la pute des années en arrière... Avant son divorce, avant l'alcool, avant le trottoir. Elle était institutrice débutante, elle s'apprêtait à ramasser les copies, et à chaque fois un gamin, toujours le même, s'écriait en levant le doigt :

« Encore une minute, madame, s'il vous plaît. »

Il avait une bouille si marrante qu'elle lui donnait toujours cette minute en plus, rien que pour voir le sourire de ses yeux clairs. Alors, en souvenir des yeux clairs du gamin et pour les yeux clairs de Nico, la femme se redressa et prit la tête du jeune homme entre ses mains, le forçant à se redresser. Elle murmura :

« OK, mais la minute, elle est pour toi. »

Elle ouvrit la fermeture à glissière, baissa à peine le slip et le sexe jaillit, droit et raide comme une belle tige de vingt ans, tiède et ferme dans ses mains qui n'eurent pas à s'activer longtemps. Elles savaient parfaitement, ces mains, presser la hampe et mesurer le va-et-vient, elles en connaissaient le rythme optimal, elles tiraient sur la peau du gland un peu, pas trop, avec une précision professionnelle, un véritable sens artistique de la branlette. Nico eut à peine le temps de sentir ses boules empaumées et voluptueusement malaxées, un doigt titiller son anus sans insister, juste ce qu'il fallait pour contracter ses fesses et durcir son périnée, et brusquement il lâcha tout, jaillit, cria, trembla et faillit tomber à genoux tant ses jambes devinrent molles.

La femme l'essuya, referma le pantalon et tandis qu'elle rajustait sa jupe, lui demanda :

« Tu as quel âge, petit ?

— Dix-huit ans et demi.

— Eh bien je vais te dire une chose : avec

les yeux et les manières que tu as, tu vas plaire aux femmes. »

Nico boit une gorgée de bière, constate que son verre est vide. Kevin est bouche bée devant son chef :

« Putain, j'y crois pas, t'as sucé une pute ?

— Oui, et alors ?

— J'y aurais pas pensé.

— Est-ce que tu suces ta copine, au moins ? »

Le garçon hausse les épaules :

« Bien sûr, mais je préfère l'inverse. Quand c'est elle qui me le fait.

— Et elle ?

— Je ne sais pas. »

Nico lève le bras, demande l'addition. Et tandis qu'il enfouit la monnaie dans sa poche, il poursuit, rêveur :

« C'est drôle comme on parle. Tu me dis « tu suces », je te demande « elle suce ? », on utilise les mêmes mots pour des gestes complètement différents, sucer une bite et sucer une femme ça n'a rien à voir... »

Il devance la question de Kevin :

« Je le sais, j'ai essayé. Par curiosité. À seize ans, je me baladais dans un parc la nuit, c'était truffé de mecs – pas forcément des homos d'ailleurs – qui venaient se faire faire une gâterie derrière les buissons. Un gamin de seize ans plutôt fin, pas trop mec, tu imagines s'ils m'accueillaient bien ! Moi j'y allais pour savoir. En fait, je suis un obsédé sexuel. Pas un baiseur à la chaîne, mais j'y pense tout le temps. Même à l'atelier, même sur la route quand je conduis, j'y pense. Pour en revenir aux mecs, ce n'était pas désagréable, mais c'étaient des gestes, justement, peu de sensations, pas d'émotions. C'est trop facile de les faire jouir. Ce qui me branche vraiment, c'est le sexe des femmes : le regarder, le sentir, explorer ses replis et ses cachettes, comparer leur couleur. Il n'y en a pas deux pareils, pas deux qui réagissent de la même façon. Et encore, ce qu'on voit ou ce qu'on touche représente tellement peu, on ne sait pas ce qui se passe à l'intérieur. Ce qui m'excite, tu vois, c'est de me demander comment mon doigt ou ma langue, à tel ou tel endroit, va créer le courant entre nous, tu sais, ce moment où tu sens que ça monte, ça monte, et que rien n'est plus important que d'aller au bout de ce grand frisson.

Je me souviens d'une fille, son bassin commençait à trembler quand je la caressais, c'était comme un séisme force 9, je me demandais si elle allait se craqueler de partout ou exploser, j'attendais qu'elle soit au bord de l'orgasme et à ce moment-là je la pénétrais, c'était chaud et mouillé, elle était complètement ouverte et en même temps elle serrait, puis elle relâchait, puis elle resserrait... comme si elle me branlait avec son vagin... »

Nico stoppe net. Kevin est cramoisi, il est appuyé d'un coude sur la table, l'autre main est en dessous. Il murmure, confus :

« Putain, vous m'avez excité à mort. J'y ai mis la main pour me calmer et puis en fait j'ai joui. Je suis désolé, hein...

— Pas moi », sourit Nico.

Tous deux sortent dans la nuit. Nico regarde sa montre. Il est très tard, pas loin d'une heure du matin et ils prennent le lendemain à 6 heures. Changement d'équipe horaire.

« Je vais te ramener chez toi, il n'y a plus de métro.

— Dis... tu gardes ça pour toi ?

— Quoi donc ?

— Ce qui vient de se passer. Si les autres savaient... ils nous prendraient pour des pédés.

— T'inquiète pas, ça fait vingt ans que je leur parle pas, c'est pas demain que je vais commencer ! »

Dans la voiture, Kevin somnole. Nico conduit paisiblement avec en fond sonore un CD de fado que lui avait offert la femme au ventre sismique, femme volcan dont le souvenir, des années plus tard, éveille encore son désir. Avec elle, il passait des nuits de plaisir ininterrompu, buvait trois cafés serrés et enchaînait sur le boulot. Pendant qu'il conduisait, il voyait son visage en transparence sur le pare-brise, entendait son rire et ses mots tendres. Tandis qu'il travaillait à l'atelier, il respirait ses doigts avec l'impression d'y retrouver l'odeur du sexe de son amante. Il avait adoré cette obsession, cette folie de leurs corps, malgré la fatigue. Il avait atrocement souffert de leur rupture malgré la certitude qu'on ne peut pas vivre ainsi tout le temps, au risque d'en mourir. Il gardait dans sa tête tous les détails, toutes les images de cette passion. Il l'emporterait comme ultime viatique à la fin de sa vie. Il ne regrettait rien. Elle l'avait transformé en rêveur d'atelier capable de faire jouir un gamin de vingt ans juste avec des mots.

24. *Jeux de miroirs (fin)*

La fête foraine revient là chaque année. Grande roue, château hanté, Palais des glaces. Lola achète un ticket, le patron est le même que l'année précédente, il la reconnaît :

« Vous connaissez le chemin. »

Lola embrasse la joue de l'ami qui l'accompagne :

« Tu m'attends ? J'en ai pour cinq minutes.

— Dans dix minutes, rit-il, je lance un avis de recherche. »

Il la suit des yeux tandis qu'elle entre d'un pas décidé dans le labyrinthe de verre. Ultime aventure au-delà des miroirs. Lola avance dans un couloir, tourne à droite, à gauche, emprunte les diverses allées qui la transforment selon le cas en géante filiforme, naine ultralarge ou monstre ondulé dont les yeux rejoignent le menton par un jeu de réfraction. Elle s'arrête face à une glace étroite et longue, se regarde, sourit à son reflet qui lui ressemble. Elle lève un bras, se tire la langue, fait bouger son nez. Le reflet reproduit fidèlement toutes ses mimiques.

Elle poursuit son enquête, stoppe devant un miroir violet qui la transforme en spectre. Elle a mis un jean noir et un tee-shirt blanc. Il lui suffit de défaire un bouton du jean pour passer la main à l'intérieur. Sous ses ongles, ses doigts crissent sur les poils presque ras. Elle se délecte du « criss criss » comme d'un jeu, lève les yeux et s'aperçoit dans la glace, soulagée de ne voir aucun reflet en manteau noir soupirer :

« Je t'avais dit "épilés", Lola, je veux ta peau douce. »

Par jeu, elle lève la main droite, la secoue dans une mimique familière qui signifierait « tu vas recevoir une fessée », et tout cela lui semble soudain un rêve lointain. Ses doigts sentent son odeur et l'odeur d'Adrien. La même. Elle y goûte, puis regarde sa montre : trois minutes, il est temps de sortir. Elle rebrousse chemin sans hésiter, trouve la sortie en moins d'une minute et sort sous le soleil. La voix joyeuse du patron la salue :

« À l'an prochain, mademoiselle, vous verrez : je vais renouveler complètement le circuit de miroirs et vous vous perdrez à nouveau. »

« Ça te tente de revenir te perdre ? » interroge son compagnon.

Lola éclate de rire, lui saute au cou :

« Et comment ! J'adore me perdre, pour mieux me retrouver. »

25. Noir désir

Abidjan, novembre 2004.

Une silhouette affolée court droit sur la voiture, comme un animal piégé par la lumière des phares. Simon l'aperçoit au dernier moment, freine. La jeune femme agite les bras, hurle :

« Au secours, au secours, ils l'ont tué ! »

Au loin, on entend des détonations, des cris... Simon se penche, déverrouille la portière avant droite, la femme s'engouffre dans la voiture. Il accélère, décrit un large demi-tour sur la place avant de foncer sur l'avenue sans mot dire. À ses côtés, la jeune Noire suffoque, comme si elle n'arrivait plus à retrouver son souffle, ou s'étouffait sous les sanglots. Il la regarde à la faveur d'un stop sous un lampadaire. Vingt-cinq ans, pas plus, une peau noire cuivrée, le visage encadré de dizaines de petites nattes serrées décorées de perles de couleur. Belle. En quinze ans d'Afrique, du Togo au Sénégal, en passant par le Congo, le Bénin puis la Côte-d'Ivoire, Simon est devenu mordu des femmes de ce continent. Les autres lui en veulent. Lorsqu'il arrive dans un cercle de Blancs – des coopérants à l'esprit aussi colon qu'ont pu l'être leurs grands-pères –, il sait que leurs épouses murmurent sur son passage qu'il est « le Blanc qui aime les Négresses », un pervers pour les coincées, un exploiteur pour les tiers-mondistes qui n'imaginent pas qu'un Occidental puisse tout simplement désirer une femme noire. D'ailleurs, Simon n'aime pas « les Noires », il aime l'Afrique, l'esprit africain, cette immense capacité à vivre dans un joyeux désordre qui déconcerte nos esprits rationnels et sans laquelle ce continent serait en totale misère. Les femmes africaines lui apportent ce même joyeux désordre amoureux : la capacité à vivre sans schéma, à savourer le présent sans penser à demain, puisque demain, quand on n'a rien ou pas grand-chose, est un autre jour.

Simon a soixante-deux ans, sa dernière compagne en avait trente. Jamais elle ne lui a parlé de la différence d'âge comme d'un handicap ou d'un signe particulier de leur couple. Elle l'appelait « le vieux », au village tout le monde l'appelait « le vieux », mais ici, c'est un surnom affectueux. Respectueux. Simon se dit souvent qu'en Afrique, la vieillesse n'est pas un naufrage. Surtout pour un Blanc qui de l'argent.

Double prestige. En France, pas une fille de trente ans ne voudrait encore de lui.

Peu à peu, les sanglots de la jeune femme s'apaisent. Elle renifle, s'essuie les yeux avec le bas de sa jupe, dévoilant du même coup des cuisses soyeuses entre lesquelles Simon ne peut s'empêcher de glisser un regard. Il pose une main sur son genou :

« Raconte, maintenant. »

Amina avait passé la soirée dans un restaurant avec son amoureux, un coopérant niçois fou d'elle qui lui parlait d'avenir. Il lui disait :

« Tu vas venir en France avec moi, je veux te présenter à mes parents. » Amina riait, elle lui disait : « Ne parle pas de plus tard, c'est tout de suite que j'ai envie de toi. » Sous la table, du bout de ses orteils nus, elle lui taquinait l'entrejambe et s'amusait de sa confusion :

« Tu me fais bander trop dur, ça va se voir quand je me lèverai... »

Tous deux ont quitté le restaurant enlacés, sans prendre garde au groupe de jeunes palabrant sous un flamboyant, à quelques mètres de là.

Lorsqu'ils sont passés à côté du groupe, tout est allé très vite. Des bouteilles de bière vides ont surgi. Frappées contre un mur elles sont devenues des armes redoutables, Thomas a reçu un coup sur la tête, le sang a giclé, inondé son visage, il a hurlé : « Sauve-toi, Amina, cours, c'est à moi qu'ils en veulent. »

« J'ai eu si peur, je l'ai écouté, je suis partie en courant, j'ai entendu les jeunes crier : « On va te couper le zob, te faire la peau, sale Blanc, voleur de femmes. » Ils tapaient tous dessus, Thomas se défendait – il fait du karaté – mais ils étaient six contre un à le frapper avec des branches et des bouteilles. Mon Dieu, ils l'ont tué, ils ont tué mon fiancé !!! »

Amina se remet à pleurer. Simon s'arrête, téléphone à un ami gendarme, déjà au courant de l'agression, d'autres passants l'ont alerté.

« Il y en a tous les soirs en ce moment, soupire le jeune Ivoirien, ce pays part en couilles. Prends soin de la femme, mais fais gaffe, les couples dominos sont mal vus par les temps qui courent. »

*
**

Elle s'est endormie en arrivant, assommée de peur et de chagrin. Sur ses joues, les larmes avaient laissé des sillons de sel que Simon a effacés du bout de la langue... Des coups de feu ont troué le silence. Il s'est relevé. Du perron de la villa, il a crié au gardien de bien verrouiller le portail.

Allongé à côté de la fille, Simon retient son souffle à deux millimètres de sa peau, pour ne pas la réveiller. Elle ne dort peut-être pas. Sous ses paupières ses yeux roulent en tous sens, ses lèvres s'entrouvrent, son souffle est plus rapide.

La bouche de Simon descend plus bas sur le cou pour lécher un ultime grain de sel, il continue sa lente reptation vers les seins, vers les aisselles, vers ce parfum fort dont il emplit ses narines comme il aurait sniffé une drogue violente. Il en est étourdi, cette fille a l'odeur de sa peur, de sa course éperdue, de son chagrin... Mais derrière ces effluves superficiels, le nez de Simon, comme celui d'un maître parfumeur, identifie les notes de tête et de fond d'un « jus », décèle les notes chaudes du désir qu'elle avait éveillé chez le jeune coopérant et celles de son désir à elle, moite et sucré. Simon glisse le long du corps de la jeune femme, enfouit ses narines à la naissance des cuisses, juste à l'aine et inspire profondément. Il bande presque douloureusement, tant ce parfum de femme lui donne envie. Il a pourtant fait l'amour l'après-midi même avec une jeune métisse, une étudiante en lettres modernes qu'excitent les lectures érotiques. Elle aime les mots grossiers, les termes désuets, les « foutre », les « chibres ruisselants », les descriptions riches de sévices où de pauvres jeunes filles sont livrées sans défense aux caprices pervers de rentiers bedonnants.

Simon passe des heures à sélectionner pour Éloïse les textes les plus à même de la mettre en transe. Quand elle arrive chez lui, à peine un léger baiser sur ses lèvres, elle se met nue en un clin d'œil, s'allonge à plat ventre sur un matelas au bord de la piscine, la tête tournée vers l'eau, les yeux fermés. Elle ordonne « Lis », et de sa belle voix grave il lui dit des textes qu'elle écoute en frémissant. Elle supplie « n'arrête pas, continue... » dès qu'il reprend son souffle ou s'interrompt pour tourner la page, comme si elle sentait monter la jouissance en elle et redoutait de la perdre. Simon, tout en lisant, joue avec le corps de la jeune fille. Il la fait mettre à quatre pattes, glisse un coussin sous sa tête, appuie sur les reins pour mieux cambrer les fesses qu'elle a rondes et fermes. Toujours lisant, il s'éloigne de quelques pas pour contempler l'étudiante comme il contemplerait une œuvre d'art. Il fixe au bout de ses seins des pinces lestées, contemple sa vulve et son cul que les mots entrouvrent, les effleure de la main, fait couler lentement sur la raie un filet d'huile de coco tiède, entre enfin un doigt, puis plusieurs dans chacun des orifices sans qu'elle semble s'en rendre compte. Seuls les mots l'atteignent, la font gémir, réclamer, « oui, encore, plus fort... » et c'est fascinant pour lui de voir le plaisir prendre racine dans les textes les plus pornographiques, les scènes les plus crues que jamais, au grand jamais elle n'accepterait de vivre mais qui la font trembler et se tordre, jusqu'à ce que Simon, n'y tenant plus, lâche soudain le livre, empoigne à pleines mains les hanches et les fesses de la jeune fille et la pilonne sans fioritures en rugissant, s'enfonce en elle jusqu'à la garde en s'étonnant une fois de plus du pouvoir des mots qui la font ruisseler.

Après ces séances, la jeune fille se relève en riant aux éclats, elle est ravie de ce plaisir que Simon seul peut lui donner, aucun des amoureux de son âge ne comprendrait. Elle en parle à son vieil amant avec une moue dédaigneuse, en détachant bien les syllabes :

« Ils ne pensent qu'à bai-ser. Bai-ser, y a que ça qui les intéresse. Tirer leur coup, toujours pareil, vider leur engin. C'est pourquoi j'aime l'amour avec toi, c'est bon... »

Il la serre dans ses bras, tendrement, sent les lèvres d'Éloïse posées sur son cou. Secondes d'éternité... Simon paie une partie des études de la jeune fille et lui offre des robes mais se défend d'y voir une relation avec leurs ébats.

« Elle en a besoin, je l'aide. Il y a des gens qui donnent à des associations, moi au moins je sais où va mon argent. »

Le nez toujours empli des effluves d'Amina, Simon se caresse nonchalamment en évoquant cet après-midi voluptueux. Il a rapporté sur sa peau la chaleur du soleil, gardé dans ses oreilles le chant du coq, un volatile stupide qui lance des cocoricos à n'importe quelle heure du jour. Il se souvient du son mat de sa paume claquant les fesses de la jeune étudiante au rythme de ses va-et-vient en elle, tandis qu'elle l'encourageait à jouir avec des mots crus... La scène défile sous ses paupières, sa main accélère le mouvement, il se laisse aller sur le dos, allongé tout contre Amina et jouit d'autant plus intensément qu'il se mord les lèvres pour ne pas faire de bruit et réveiller la jeune femme.

*
**

Une légère brise soulève le pagne bariolé tenant lieu de rideau, un rayon chaud se faufile dans l'ouverture et illumine la pièce. Amina ouvre les yeux, regarde le plafond qu'elle ne reconnaît pas. Elle ne sait plus où elle est. Brusquement lui reviennent en mémoire les horreurs de la veille et la gentillesse de ce Blanc qui l'a secourue et ramenée chez lui. Elle remue un bras, explore le matelas du bout des doigts. Elle est seule. Tout est paisible, pas un bruit dans la maison. Le dimanche, le boy est en congé. Elle se lève et s'habille, ses vêtements ont été pliés et posés sur le dossier d'une chaise longue, elle ne se souvient pas quand ni comment elle les a enlevés. Pieds nus, elle sort sur la véranda, guidée par une odeur de café. Simon, le corps ceint d'un pagne violet, est en train de couper des fruits sur une planche épaisse. Il propose à Amina une tasse de café, des tranches d'ananas frais... Elle accepte la tasse et boit à petites gorgées, debout près de lui. Simon est troublé. Sans qu'il sache dire pourquoi, la présence de cette fille le comble. Il y a longtemps qu'il n'avait pas éprouvé cette sensation : le plaisir de la présence.

« Que vas-tu faire, maintenant ?

— Je ne sais pas.

— Tu as de la famille, des amis ?

— Ma famille est au village, je suis employée dans une entreprise de camions, mais Thomas voulait que je reprenne des études pour être comptable, on aurait travaillé ensemble.

— Et toi, que veux-tu faire ?

— Je ne sais pas, je ne sais pas...

— Tu habites où ?

— J'habite... j'habitais chez Thomas. »

Simon n'insiste pas, l'imparfait a du mal à passer les lèvres de la jeune femme. Il ne lui dit pas que l'agression dont a été victime son fiancé fait la une de FratMat [1], le quotidien gouvernemental :

« Un coopérant français frappé à mort par des rebelles. »

Rebelles, voyous ? Depuis plusieurs mois on ne sait plus la différence, tout dépend du journal.

« Tu peux rester ici. J'ai de la place, je vis seul.

— Tu n'as pas de femme ?

— J'en ai une, en France. Elle est repartie à cause des émeutes. »

1. Fraternité Matin.

« Il n'a plus de femme, il en a besoin, il m'a sauvé la vie, il a de l'argent, sa maison est belle... » Amina pense très vite, cet homme est sa chance après le malheur. Elle ne dit rien, se contente de le suivre lorsqu'il se dirige vers la salle de bains. La douche n'a pas de rebord, le sol s'incurve au milieu de la pièce et l'eau s'écoule par la bonde, non sans avoir copieusement trempé le sol. Amina enlève sa jupe pour ne pas la mouiller et vient savonner le dos de Simon. Il sent deux petites mains glisser entre ses fesses, monter et redescendre plusieurs fois, puis passer entre les cuisses. Elle referme les doigts sur ses boules, sans serrer, les lui malaxe avec art, lentement, silencieusement. Elle joue avec comme avec des boules de Qi gong, les fait rouler sur sa paume, se heurter doucement, tourner entre ses doigts avec une fluidité absolue. Le plaisir qui s'ensuit est tout aussi fluide, une sensation de chaleur, d'énergie qui emplit le ventre de Simon et monte le long de sa colonne vertébrale tandis qu'il fixe sans le voir son sexe qui se balance, gonfle et se dresse avec la même majestueuse lenteur. Elle lui caresse à présent le dos, agace chacune de ses vertèbres en insistant sur la douzième autour de laquelle elle décrit inlassablement de petits cercles en appuyant au passage sur l'interstice entre onzième et douzième vertèbre. Sous ces caresses hypnotiques, Simon lâche prise, il n'a pas envie de toucher la jeune femme, il veut juste qu'elle continue ses attouchements d'une précision diabolique qui crispent son bassin, rendent sa verge dure et lui échappent totalement.

L'eau sur sa peau le fait frissonner, tout son corps tremble, il n'a d'yeux que pour son sexe animé d'une fureur de jouir telle qu'il jaillit soudain sans que Simon ait pressenti l'éruption. L'homme crie, son rugissement emplit la pièce et couvre le bruit de la douche, les gouttes de sperme se mêlent à l'eau, dessinant sur ses cuisses des ruisseaux lactés. Il tressaille à nouveau, ferme si fort les poings que ses ongles s'enfoncent dans la peau, un autre grondement arrive, venu de loin. Après le séisme du premier plaisir surgit une seconde éruption, plus profonde et plus calme. Simon ne sent plus ses jambes.

Amina rince soigneusement le corps de l'homme, ferme le robinet, saisit une large serviette. Il se laisse envelopper dedans, il est si épuisé qu'il serait incapable de la baiser et peut-être n'en a-t-elle aucune envie. Il la saisit par le menton, la force à le regarder :

« Comment me trouves-tu ? »

Il craint le mensonge maladroit, la beauté qu'elle lui octroierait pour ne pas vexer le Blanc, il redoute le regard furtif qu'elle pourrait porter sur ses hanches un peu épaisses, sa peau marquée, ses poils qui commencent à blanchir. Mais elle n'a pas une hésitation, comme si elle l'avait identifié à la première seconde de leur rencontre, comme si elle l'avait reconnu en courant vers sa voiture. Elle lui lance avec un sourire éclatant :

« Toi ? Tu es un cow-boy. »

*
**

Avril 2006.

Il marche à Paris dans la rue de Rennes, il veut acheter des CD avant de regagner sa province conjugale. Son mobile sonne, tout contre son oreille il entend la voix rauque d'Amina :

« Salut, cow-boy, ne te retourne pas, derrière toi il y a une très jolie femme, elle te suit, elle va te dépasser, attention ! Ne regarde pas son cul ou je te tue. Je t'attends à l'hôtel, j'ai déjà les jambes écartées... »

Il n'a pu se retenir de jeter un coup d'œil. En ce printemps ensoleillé il y a des dizaines de jolies femmes dehors, et forcément quelques-unes dotées d'un joli cul. Il n'empêche. À chaque fois Simon se convainc qu'Amina est un peu sorcière. Elle l'est, pour savoir à quel point il faut lui titiller l'imaginaire et l'embraser de mots, le gaver d'images chaudes pour qu'il bande. Il a moins de tonus qu'autrefois mais s'interdit d'y penser. Tant qu'Amina le traitera comme un dieu de la baise, il le restera. Elle l'excite plus qu'aucune autre de ses maîtresses africaines. Il s'est attaché à elle. Davantage qu'une maîtresse, plus qu'une amie, elle lui est devenue indispensable. Il est aussi son père, son Pygmalion, son conseiller. Il lui paie ses vêtements, sa voiture, parle au village avec « le vieux », le père d'Amina qui a à peine plus que son âge à lui.

Durant ses vacances en France, il « l'emporte dans ses bagages » comme il dit, retient pour elle une chambre d'hôtel à Paris et vient la voir. Cette organisation lui plaît, avec ses relents de rendez-vous clandestins qui lui rappellent sa jeunesse, les premières années de mariage où il avait vraiment besoin d'alibis pour mener sa vie. Retrouver dans une chambre d'hôtel une femme qui s'est préparée pour lui, lavée, parfumée et habillée en pensant à lui et à l'amour qu'ils vont faire le stimule.

Dès qu'il rentre dans la chambre, elle se colle à son ventre, il lui plaque la main entre les jambes, un peu brutal, un peu macho, c'est leur jeu et ils aiment ça. Il pince la pointe de ses seins qui devient dure aussitôt, il les mord, les dévore, elle se moque de sa gloutonnerie :

« Doucement, cow-boy, c'est les Noirs qui crèvent de faim, pas les Blancs... »

Il aime son intelligence et son sens de la dérision. Il la fait mettre en levrette, Dieu que ses fesses sont belles ! Sur la peau satinée du cul ses mains claquent comme sur la membrane d'un tambour, elle adore ce bruit qui l'excite, elle adore le moment où il lui dit qu'il va jouir, sa plainte d'enfant, ce gémissement qui signifie

« mais comment fais-tu, salope, pour me mettre dans des états pareils ? », seconde éperdue où le cow-boy se rend, rugissement de bête blessée... Il se tord, la griffe, la prend, et elle l'encourage de la voix : « Oui, oui, jouis, moi aussi je viens. »

La sonnerie du téléphone interrompt leurs jeux. Amina se lève, le mobile à l'oreille, longue et nue, élancée comme une de ces statuettes burkinabés en bronze que Simon achète au marché de l'Artisanat. Brusquement sa voix se fait blanche. Elle avance, passe dans la salle de bains, ferme la porte... Simon n'entend plus qu'un murmure. Il attend allongé sur le lit, la main arrondie sur sa bite qui se recroqueville doucement sur son ventre, comblée, vidée. Une somnolence l'envahit peu à peu.

La porte de la salle de bains s'ouvre, Amina vient s'asseoir sur le lit, prend la main de Simon. Sous sa peau noire, il la sent pâle, émue :

« Simon, tu sais de qui j'ai eu un coup de fil ?

— Non, comment veux-tu que je sache ?

— De la mère de Thomas... THOMAS ! Tu te souviens ? Mon fiancé.

— Oui, bien sûr, je me souviens.

— Simon, Thomas n'est pas mort. Il est resté dans le coma deux mois, puis il a repris connaissance. Il paraît qu'à son réveil il m'a réclamée. Ses parents me cherchent depuis tout ce temps, elle ne m'a pas dit comment ils m'ont retrouvée. Peut-être par mes parents, au village... »

Elle se tourne vers Simon qui lui serre fort la main :

« Simon... Thomas veut m'épouser. Il est guéri, il n'a aucune séquelle, il habite près de Montpellier. Il dit qu'il veut des enfants de moi. »

— Tu l'as eu au téléphone ?

— Non, c'est sa mère qui m'a tout raconté. Elle voulait savoir si j'avais refait ma vie, si j'aimais encore son fils.

— Et alors ? »

Amina ne répond rien mais Simon devine. Il lui souffle ce qu'elle a envie d'entendre :

« Amina, c'est la chance de ta vie. Ton fiancé t'aime et tu vas l'aimer aussi, fonder une famille, être à l'abri du besoin. Il faut voir les choses en face : j'ai trente ans de plus que toi, je suis marié, jamais je ne te ferai un enfant parce que je n'ai plus l'âge de ce genre de choses. Il faut que tu dises oui à Thomas et que tu ailles le voir. »

Le visage d'Amina s'illumine, elle sourit à son amant :

« Mais toi... tu vas souffrir ?

— Non, parce qu'on va continuer à se voir : je tiens à être le parrain de ton premier bébé. »

Amina se récrie :

« Pas seulement un parrain ! Je veux que tu

restes mon amant, je ne veux pas te perdre. Je vais dire à Thomas : OK pour t'épouser et te donner des enfants, mais je veux continuer à voir Simon au moins quatre fois par an. Je lui dirai que c'est la tradition : quand un homme vous a sauvé la vie, on doit se donner à lui à chaque changement de saison. Il sait que les Africains sont polygames, alors pour une fois ce sera une Africaine ! »

Enthousiaste, elle lui empoigne la verge, qui grossit aussitôt, la suce quelques instants, puis relève la tête et désigne la tige droite et luisante :

« Tu vois, elle est d'accord ! Allez, cow-boy, prends-moi comme une bête, qu'on arrose mon mariage ! »

26. Paris, l'été

Torpeur moite. La ville somnole derrière des stores baissés tandis que sous les portes cochères s'étalent des lambeaux de fraîcheur. Je marche lentement, disponible. Chaque angle de rue est une image endormie. Ici, le petit restaurant italien où... avec qui... peu importe. Avec Toi, Toi innommé puisque seul compte ici le coup de couteau dans le cœur rappelant ma première blessure.

L'enseigne d'entreprise, la rue Française, six étages à gravir après une nuit blanche, j'avais une jupe longue de velours noir et une blouse de dentelle, tenue du soir incongrue parmi les grues immobiles. Le trou des Halles tenait lieu de Grand Canyon, Marco Ferreri y tournait un western. Et sous ma jupe, sur la peau de mes cuisses, ta main impérieuse remontait. Je riais en m'agrippant à la rampe : « Arrête, tu vas me faire tomber », mais j'étais tombée depuis longtemps. Dans tes bras, dans la spirale d'un désir étrange, celui de tes cris quand tu jouis, de ton ventre sur lequel j'étale du bout des doigts ton humidité, de ton odeur sur ma paume...

Rue Montorgueil, errance de mes premiers pas parisiens, peurs, découvertes, émerveillement. Un frisson court le long de ma nuque tandis que je croise un balcon de fer forgé. Il a dû se passer quelque chose, là. Les lieux gardent en mémoire de lascives secondes que je prends en pleine poire. Jamais rien ne s'oublie.

Paris torpeur. Des regards posés sur moi pesants comme du plomb fondu. Ici j'errais triste, il y a longtemps, devant un manège qui me rappelait ta façon de me faire tourner dans tes bras jusqu'à ce que j'en perde l'équilibre et le souffle. À vingt ans, on croit que la vie s'arrête quand cesse de tourner le manège, plus tard on sait qu'il repart. Le propriétaire du manège agite au-dessus des enfants une peluche, il faut en saisir la queue pour gagner un tour gratuit. Petite, j'étais experte à ce jeu-là. Pour le prix d'un ticket, je faisais dix tours. Je criais : « J'suis forte pour attraper la queue ! » Ce talent-là ne s'oublie pas...

Paris bistrot. Ici, le café de nos querelles où les poissons exotiques dans leur aquarium hochaient la nageoire devant tant de violence. Là, le skaï vert qui collait à mes fesses, je te le confiais à l'oreille, tu répondais « Il en a de la chance, le skaï », tandis qu'un maître d'hôtel au délicieux accent nous préparait d'étranges cocktails qui mettaient le feu à mon ventre.

Bord de Seine où j'ouvris ta chemise. Tu avais des yeux dorés, des tourments plein la tête que je me faisais fort d'effacer, ma bouche a le pouvoir d'aspirer les pensées tristes, mes lèvres ont gardé l'empreinte de cette fossette sous ton nombril, que j'ai longuement parcourue de la langue. Tu haletais, tu avais envie de défaire ta ceinture, du monde passait à deux pas de nous, on ne se dévêt pas en public. Ce jour-là, nous sommes passés à deux doigts de l'outrage public à la pudeur. Du bout de ces deux doigts, j'ai effleuré ton gland. Tu as sursauté. Frisson électrique, moi je mouillais. Ce jour-là, nous avons frôlé l'électrocution.

Palais-Royal si tendre et théâtre d'Orsay. Je me revois montant les marches du petit escalier et venant écouter pour la neuvième fois vos tirades que je savais à présent mieux que vous. Je me souviens d'avoir trinqué avec vous sur un vin du Poitou, je me souviens de m'être noyée dans vos prunelles si vertes, si myopes, comme un étang glacé un matin d'hiver. Vous aviez la perfection d'un désir idéal, d'une attente éternelle...

Goût d'alcool dans la bouche, sourires, fous rires. D'une boîte à l'autre, d'une musique « caliente, caliente » à l'autre, nous testons toutes les couleurs du rhum, feuille verte du Mojito, soleil couchant du Sosua Mama, traîtrise laiteuse du punch coco, sensualité de la salsa, « Êtes-vous content de me voir, ou est-ce votre trousseau de clés ? » C'est l'heure où l'on dit des bêtises, l'heure où l'on rit de tout. L'itinéraire se termine sur ton couvre-lit. J'ouvre ton pantalon, jamais je ne l'ai fait.

« Nous passons à des jeux de grandes personnes », remarques-tu.

L'expression me plaît, assez pour que je te prenne aussitôt dans ma bouche. « Quand je serai grande, je veux encore jouer avec toi. » Parole tenue depuis vingt ans.

Une table en bord de Seine, les convives sont bruyants, les conversations se mélangent, brouhaha de nuit parisienne. Derrière moi, une voix d'homme que je reconnais après deux ans d'absence. Je quitte la table, abandonne mon vis-à-vis, je suis extrêmement mal élevée et je m'en fiche. L'homme aussi, ses yeux se lèvent vers la femme plantée devant lui. Sans un mot il me tend la main, m'enlève... Il me caresse la nuque, dit : « Je me souviens des cheveux que tu laissais sur mon oreiller après ton départ », ouvre la portière de sa voiture. Voies sur berge, nous roulons vite. Il conduit de la main gauche, me caresse de la droite. Ma tête glisse sur ses genoux, retrouve le chemin et la saveur de son sexe. Il psalmodie son désir de sa voix de basse, gardera-t-il le contrôle de sa voiture s'il perd celui de son corps, je n'en ai aucune idée. Enivrée de ses parfums d'homme, je visite la jungle fauve entre ses cuisses, bien loin de la ville.

Paris, l'été. Soleil sur les miroirs des tours du Front de Seine, lumière fragmentée. Paris, ville kaléidoscope, je secouerai tes immeubles, j'agiterai tes murs pour créer de nouveaux rêves. Paris, ville puzzle de ma mémoire, je t'éparpillerai dans les os de mon crâne, remue-méninges pour te reconstituer pièce à pièce, recommencer le jeu, te voler au temps et vivre en trois minutes les vibrations de trente ans.

TABLE DES MATIÈRES

Une femme libre

Des désirs et des hommes
Françoise Simpère

Avec une sincérité impudique mais sans complaisance, Françoise Simpère revient sur les multiples relations qui lui ont permis de réaliser ses fantasmes, de voir ses désirs exacerbés. Du danseur rencontré après un spectacle au passant aventureux, de l'Espagnol torride au sexologue expérimenté, elle raconte sans ambages l'attirance irrépressible qu'elle a pour les hommes et leurs sexes.

(Pocket n° 11376)

Voyages sensuels

Les latitudes amoureuses
Françoise Simpère

Alice et David sont liés depuis longtemps par une profonde complicité amoureuse et amicale. Aussi quand Alice se lance dans un long voyage au tour du monde à la recherche de nouvelles rencontres et expériences érotiques, elle promet de tout partager avec David. Ses mails décrivent ses aventures torrides, coquines, insolites, mais toujours joyeuses, même quand l'amour s'en mêle sous les traits d'un bel aventurier australien.

(Pocket n° 12061)

À la recherche du plaisir pur

Ce qui trouble Lola

Françoise Simpère

À dix-neuf ans, Lola est confrontée à la convoitise ordinaire des hommes et choisit d'aller à la rencontre de « ces drôles d'êtres qui confondent excitation et désir ». Au fil de ses aventures elle va découvrir que loin d'être sordide, le sexe est simplement dénaturé par tout ce dont on l'affuble : l'argent, la violence, l'humiliation, la compétition orgasmique, le besoin de posséder. En un mot, le pouvoir. Débarrassé de ces enjeux, le plaisir devient ce qu'il ne devrait jamais cesser d'être, une source de liberté que chacun porte en soi...
Une exploration profonde et sensible du corps et du désir.

(***Pocket n° 12669***)

Il y a toujours un Pocket à découvrir

GROUPE CPI

Achevé d'imprimer en janvier 2007
par l'imprimerie Bussière
à Saint-Amand-Montrond (Cher)
N° d'impression : 70128. Dépôt légal : mars 2007.
POCKET - 12, avenue d'Italie - 75627 Paris Cedex 13
Imprimé en France